Karin B. Holmqvist
Ungeküsst

PIPER

Zu diesem Buch

Erna, Mitte dreißig, keine Schönheit, aber mit einem großen Herzen versehen, lebt bei ihren Eltern auf dem Hof und ist noch immer komplett ungeküsst. Ihr Alltag hätte sich vermutlich nie grundlegend geändert – wäre da nicht das Jahrbuch des Heimatvereins, das sie bei einer Nachlassauktion ersteigert. Denn darin findet sie nicht nur Briefe höchst pikanten Inhalts, nein, sie begegnet auch zum ersten Mal dem Künstler Börje, der aus Stockholm stammt und aufs Land gezogen ist, um dort als Keramiker zu arbeiten. Trotz ihres altmodisch strengen Vaters und ihrer überbehütenden Mutter nimmt Erna allen Mut zusammen und stürzt sich in das größte Abenteuer ihres Lebens. Warmherzig und mit viel Humor erzählt Karin B. Holmqvist von Frauen, die sich trauen, ihr Leben zu verändern – bevor es zu spät ist.

Karin B. Holmqvist, geboren 1944 im südschwedischen Simrishamn, machte eine kurze Karriere in der Kommunalpolitik und entschied sich schließlich für eine Ausbildung zur Sozialarbeiterin. In ihrer Freizeit ist sie Zauberkünstlerin und Kabarettistin und hat mehrere Romane sowie Gedichtsammlungen veröffentlicht. Nach den Überraschungserfolgen »Manneskraft per Postversand«, »Villa mit Herz«, »Zwei Damen auf Männerfang« und »Herzschrittmacher gesucht!« ist »Ungeküsst« ihr fünftes Buch auf Deutsch.

Karin B. Holmqvist

Ungeküsst

Roman

Aus dem Schwedischen von
Holger Wolandt und Lotta Rüegger

Piper München Zürich

Mehr über unsere Autoren und Bücher:
www.piper.de

Von Karin B. Holmqvist liegen bei Piper vor:
Villa mit Herz
Zwei Damen auf Männerfang
Herzschrittmacher gesucht!
Manneskraft per Postversand
Ungeküsst

MIX
Papier aus verantwortungsvollen Quellen
FSC® C083411

Deutsche Erstausgabe
Oktober 2012

Titel der schwedischen Originalausgabe:
»Stenhimlen«, Kabusa Böcker, Göteborg 2010

Umschlaggestaltung: Tom Sprenger, München
Umschlagmotiv: Artwork Tom Sprenger unter der Verwendung von Motiven von plainpicture/Etsa, Elektrons 08 und Shutterstock
Satz: Kösel, Krugzell
Gesetzt aus der Sabon
Papier: Munken Print von Arctic Paper Munkedals AB, Schweden
Druck und Bindung: CPI – Clausen & Bosse, Leck
Printed in Germany ISBN 978-3-492-27279-7

1. Kapitel

»Schwachkopf, Schwachkopf!« Die Worte bohrten sich wie Messerstiche in Ernas Herz. Tränen sammelten sich unter ihren Lidern, und wie so oft bei ihr brachen die Dämme, und die Tränen strömten über ihre Wangen.

»Es ist eine Gabe, weinen zu können«, hatte Pastor Ingvarsson gesagt, als Olle Berg seinen Sohn zu Grabe trug, und Erna war dankbar gewesen für diese Gabe. Aber dass die Tränen so oft und so heftig kamen wie jetzt, war wohl doch nicht Sinn der Sache.

»Schwachkopf, Volltrottel«, hallte es noch einmal zwischen den Häusern wider, dann rannten die beiden Jungen davon.

Gott war nicht gerade barmherzig gewesen, als er das Aussehen erschaffen hatte, das Erna mit sich durchs Leben tragen musste. Sie war per Zangengeburt auf die Welt gekommen, und die Hebamme hatte gesagt, dass sich ihr spitzer Kopf im Laufe der Jahre schon zurechtwachsen würde. Aber es war eher umgekehrt gewesen. Hätte Erna wenigstens eine dichte Mähne gehabt, wäre die Kopfform vielleicht nicht so aufgefallen, aber nicht einmal bei der Wahl ihrer Frisur hatte der Herr Gnade walten lassen: Ihr schütterer Haarschopf ähnelte einem ausgeleierten Rasierpinsel.

Erst als Erna in die Schule kam, wurde sie sich ihres seltsamen Äußeren bewusst. Zu Hause hatte niemand ein

Wort über ihr Haar verloren, und selbst hatte sie kaum einen Gedanken daran verschwendet – höchstens wenn sie die Cousinen mit ihrem vollen Haar gesehen hatte, die immer zu hübschen Zöpfen mit rosa Seidenschleifen gebunden waren. Einmal hatte Ernas Mutter versucht, ihren Haarschopf über den Ohren zu kleinen Schwänzchen zu frisieren, doch das hatte sie sofort wieder aufgeben müssen. Aber Erna war nicht entgangen, dass ihre Mutter dabei ganz traurig geschaut hatte.

Als sie in die Schule kam, hagelte es Spottnamen: Borstenpinsel, Schwachkopf und Volltrottel. Erna hätte sich gewünscht, dass ihre Eltern wenigstens einmal ein Wort darüber verloren hätten. Stattdessen hatte ihre Mutter Viola eine seltsame Mütze nach der anderen gestrickt, und Erna hatte sie aufsetzen müssen.

Mittlerweile war Erna vierunddreißig und wohnte immer noch in ihrem Elternhaus. Die meisten Gleichaltrigen waren in die Stadt gezogen, um zu studieren oder zu arbeiten, aber Erna half ihren Eltern auf dem Bauernhof. Ihr Vater Ernst war an Parkinson erkrankt und schaffte die schwere Arbeit nicht mehr allein. Seine Krankheit hatte zur Folge, dass er manchmal wie betrunken wirkte, wenn er mit unbeholfenen Bewegungen versuchte, seine Aufgaben zu verrichten. Mutter Viola arbeitete ebenfalls auf dem Hof. Außerdem erledigte sie Näharbeiten und verkaufte Eier und Gemüse an den Lebensmittelladen.

Der Hof der Familie lag außerhalb von Kivik, einem kleinen Ort im Süden Schwedens. Bei Ostwind fraß sich das Meer immer mehr ins Land hinein.

»Bald haben wir ein Haus mit direktem Meerblick«, hatte Ernst einmal im Scherz gesagt, obwohl ihr Hof ein paar Kilometer von der Küste entfernt lag. Von ihrem Fenster aus konnte Erna Stenshuvud sehen, die charakteristische Erhebung, die außerdem zum Nationalpark erklärt worden war. Sie genoss es, wenn die Sommergäste in den kleinen Küstenorten einfielen und Künstler und Schriftsteller die kleinen Häuser bevölkerten. Sie bewunderte diese kreativen Menschen und träumte davon, selbst zu malen, etwas zu erschaffen und dem, was in ihr steckte, freien Lauf zu lassen. Doch sie traute sich nicht, ihre Träume in die Realität umzusetzen, denn sie hatte Angst zu versagen.

Wie die meisten jungen Frauen hatte auch sie von einem Mann und einer eigenen Familie geträumt, war sich aber bewusst gewesen, dass ihr Schicksal sie an ihr Zuhause und ihre Eltern fesselte. Als die anderen jungen Leute tanzen gegangen waren, hatte Erna sich in ihrem Zimmer eingeschlossen, hatte gelesen und Radio gehört, denn dumm war sie nicht, ganz im Gegenteil. Nur hatte sie nie zeigen dürfen, was sie konnte.

Sie hatte sich in der Schule nie gemeldet, weil sie Angst gehabt hatte, dass sich die Blicke der anderen auf sie richten könnten. Doch sie hatte immer die richtigen Antworten auf alle Fragen gewusst, und abends stellte sie sich manchmal vor, wie es gewesen wäre, wenn sie aufgestanden wäre und die Fragen des Lehrers klar und deutlich beantwortet hätte.

In der Schule war Erna eine Außenseiterin gewesen und hatte immer davon geträumt dazuzugehören. Nur in der dritten Klasse hatte sie eine Zeit lang eine Freundin gehabt: Alva aus dem Nachbarhaus. Sie und ihre Familie mussten ständig umziehen, wenn ihnen der Gerichtsvollzieher mal wieder auf die Spur gekommen war. In der Schule hatten die anderen sie Pipi-Alva genannt, weil sie nach Urin roch, was an einer zu schwachen Blasenmuskulatur gelegen hatte.

Alva und Erna hatten oft zusammengesessen und einander ihre Träume anvertraut, die einander sehr ähnelten. Darüber war eine herzliche und innige Beziehung zwischen ihnen entstanden. Erna erinnerte sich noch mit Grauen an den Herbstmorgen, an dem sie Alva abholen wollte und das Haus leer gewesen war. In der Nacht war die Familie ein weiteres Mal aufgebrochen, und die beiden Mädchen hatten sich nicht einmal voneinander verabschieden können. Nach Alvas Umzug war Erna noch schüchterner geworden. Sie schloss sich in ihrem Zimmer ein, weinte, las und verlor sich in ihren Gedanken.

Das einzige Andenken, das Erna an Alva hatte, war ein Zettel, den diese ihr in ihren Schulranzen gesteckt hatte. Auf diesen Zettel hatte Alva ein Herz gemalt, das von einem Pfeil durchbohrt wurde. Darunter stand: »Erna und Alva, Freundinnen für immer«, und darunter ein Gedicht:

Freunde sind füreinander da,
Wir kümmern uns umeinander.
Erna und Alva für immer –
Freundinnen durch dick und dünn.

Erna hatte den knittrigen Zettel mit dem einfachen Text, der ihr so unerhört viel bedeutet hatte, oft hervorgezogen. Für sie war er das schriftliche Zeugnis der einzigen Freundschaft, die sie je erlebt hatte.

Genau genommen hatte Erna noch ein Andenken an

Alva: eine Pflanze, die sie hegte und pflegte. Es war ein Setzling, den sie von ihrer Freundin bekommen und in einen Blumentopf gepflanzt hatte. Berührte man die Blätter, verbreitete sich ein wunderbarer zitronenähnlicher Duft. Die Pflanze war prächtig gediehen. Alva hatte gesagt, dass ihre Freundschaft bestehen würde, solange die Pflanze lebte. Erna hatte sie deshalb besonders gut gepflegt.

»Schwachkopf, Schwachkopf.« Erna richtete sich im Bett auf. Da war er wieder, dieser Traum. Ihr Herz pochte, und sie wischte sich die Tränen ab, die ihr die Wangen herunterliefen. Diesen Traum hatte sie schon so oft gehabt. Das höhnische Lachen der Jungen, das zwischen den kleinen Häusern widerhallte, die Erniedrigung, das Gefühl, nicht dazuzugehören.

Eigentlich wäre sie am liebsten wieder unter die Decke gekrochen, um der Wirklichkeit zu entfliehen, die ihr so zusetzte. Aber sie hatte nicht die Kraft, ihren Eltern ihre Empfindungen zu erklären, und sie wollte sie auch nicht mit ihren Problemen belasten.

Ernst und Viola Henningsson saßen an diesem Samstagmorgen schweigend in der Küche. Sie hatten sich nie viel zu sagen gehabt, und im Laufe der Jahre hatte die Stille immer mehr überhandgenommen.

»Warum bist du so schweigsam?«, wollte Viola vorsichtig wissen.

»Was gibt es schon zu sagen, verdammt«, antwortete Ernst. »Worte sind überflüssig, ich hasse es, wenn die Leute drauflosschwatzen.«

»Man muss doch nicht drauflosschwatzen, es gibt

auch interessante Dinge, über die man sich unterhalten kann.«

»Und zwar?«, fragte Ernst übellaunig, und plötzlich fiel auch Viola nichts Interessantes ein.

Als Erna in die Küche trat, lauschte sie der einsilbigen Unterhaltung ihrer Eltern. Sie sehnte sich so sehr danach, all die Wörter zu verwenden, die sie in ihren Büchern gelesen hatte.

»Beeilt euch«, sagte Ernst, erhob sich und zog seinen handgestrickten Pullover an.

Viola räumte den Tisch ab. Sie legte die Wurst in eine Tupperdose und schob das Brot in eine Plastiktüte. Die alte Pendeluhr über der grün gestrichenen Sitzbank tickte, und es klirrte, als Murran, die alte Hauskatze, aufs Fensterbrett sprang und es sich zwischen den beiden Geranien bequem machte, die sich nach dem Blumenkasten auf der Küchentreppe sehnten. Dafür war es allerdings zu früh. Die Frühlingssonne schien zwar schon, aber die Nächte waren kalt, und in der letzten Woche hatte es einige Male beinahe Frost gegeben.

Erna saß wie immer gedankenverloren da und zuckte zusammen, als ihr Vater mit lauter Stimme sagte: »Kommt ihr jetzt mit oder nicht?«

Viola ließ die Tassen im Spülbecken stehen und trocknete sich rasch die Hände an ihrer karierten Schürze ab.

»Wir sind so weit ...«

»Und du, Erna?«, fuhr Ernst fort.

Erna erhob sich hastig. »Ich bin auch fertig, Vati ...«

»Auf Frauenzimmer und Selbstgebrannten muss man wirklich immer warten«, fuhr Ernst fort und ging zum Telefontisch, auf dem neben einem alten Foto des Hofhunds Laika seine Brieftasche lag. Laika war im vergangenen Frühjahr unter dem Vorderrad des Traktors zu Tode gekommen.

»Können wir auf dem Heimweg am Friedhof anhalten?«, fragte Viola nachdenklich. »Ich könnte im Garten noch ein paar Blumen pflücken.«

Ernst sah sie finster an.

»Ich könnte sie solange im Kofferraum in einen Eimer Wasser stellen.«

»Klar, nur zu. Ihr könntet auch gleich noch die Gartenstühle mitnehmen, falls es bei der Versteigerung nicht genügend Sitzgelegenheiten geben sollte. Wie wäre es mit der Zinkwanne aus dem Stall? Da gehen zwar nur fünfundzwanzig Liter rein, aber ich kann ja in den Kurven langsamer fahren, dann bleibt möglicherweise sogar was übrig vom Wasser. Vielleicht sollten wir auch noch etwas Blumendünger reintun, dann halten sie besser.«

Erna und Viola gingen auf die Küchentür zu.

»Falls du noch eine Karte zwischen die Blumen stecken willst, in der obersten Schreibtischschublade liegen noch welche.«

Viola wusste genau, worauf er anspielte. Manchmal, wenn er schlechte Laune hatte, verglich er sie mit Asta Olsson, die unten am Sumpf wohnte. Asta war nicht die Hellste und tat oft verrückte Dinge. Einmal hatte sie zu Ostern Blumen auf das Grab ihrer Eltern gestellt und eine hübsche Karte in den Strauß gesteckt, auf der »Frohe Ostern« stand. »Hast du das von Asta Olsson gelernt?«, pflegte Ernst zu sagen, wenn Viola wieder mal etwas Verrücktes getan hatte.

Der Friedhof lag ein Stück entfernt, und Viola nutzte

die Gelegenheit, ihn zu besuchen, wenn Ernst ohnehin mit dem Auto unterwegs war. Meist fuhr er jedoch mit dem Traktor, wenn er etwas zu erledigen hatte.

»Ich kann auch ein andermal mit dem Fahrrad zum Friedhof fahren«, sagte Viola.

Schweigend gingen die drei zu dem alten Volvo, der in einem baufälligen Schuppen stand.

»Knall die Tür nicht so zu, verdammt!«, brüllte Ernst seine Tochter an, als sie die hintere Autotür von innen zuzog.

Nachdem Erna Platz genommen hatte, erhob sie sich noch mal kurz, um ihr Baumwollkleid glatt zu ziehen, damit es beim Sitzen keine Falten bekam.

Ernst fuhr ruckartig und schaltete häufiger als nötig. Viola saß schweigend auf dem Beifahrersitz und drückte ihre Handtasche aus schwarzem Lederimitat so fest an die Brust, dass auf ihrem selbst genähten Polyesterkleid ein feuchter Fleck entstand. Automatisch klappte sie die Sonnenblende herunter, um sich im Spiegel zu betrachten, klappte sie aber rasch wieder hoch, als ihr einfiel, dass nur das letzte Auto einen Spiegel in der Sonnenblende gehabt hatte.

»Vielleicht sollten wir uns ein neues Auto zulegen, damit du dich wieder im Spiegel angucken kannst«, meinte Ernst mit harter Stimme. »Oder wir hätten den alten Wagen behalten sollen. Ist doch egal, wenn das Fahrgestell durchgerostet ist und der Kühler ein Loch hat – Hauptsache, es gibt einen Spiegel.« Viola und Erna schwiegen, zum großen Verdruss von Ernst. Er schaltete, ohne die Kupplung ganz durchgetreten zu haben, und es krachte im Getriebe.

»Verdammter Sonntagsfahrer!«, fauchte er und bremste so abrupt, dass Violas Handtasche runterfiel. Er deutete auf den Wagen vor ihnen.

Schweigend fuhren sie die Landstraße nach St. Olof weiter, wo der Nachlass von Rektor Påhlsson versteigert werden sollte. Während der Fahrt dachte Viola an ihren ehemaligen Schuldirektor, bei dem sie ein Halbjahr Vertretungsunterricht gehabt hatte. Ihr war die Schule immer leichtgefallen, und sie war bei ihren Mitschülern beliebt gewesen. Als sie die weiterführende Schule besuchen wollte, hatten ihre Eltern sie dazu ermutigt. Påhlsson war ein guter Lehrer gewesen. Die Fächer, an denen Viola bislang nicht interessiert gewesen war, füllte er mit Leben, und sie hatte von sich aus in den Schulbüchern weitergelesen, auch wenn das gar nicht ihre Hausaufgabe gewesen war. Sie war sich sicher, dass Påhlsson einen guten Teil dazu beigetragen hatte, dass sie weiter zur Schule gehen wollte.

Am Tag des Wechsels von der Volksschule auf die Realschule hatte sie eine neue Schultasche bekommen, ein Federmäppchen und zum ersten Mal gewachstes Einschlagpapier für ihre Schulbücher. Sie hatte sich morgens unwohl gefühlt, doch ihre Eltern hatten das auf die Aufregung geschoben, weil Erna künftig in die Stadt Simrishamn fahren musste, um zur Schule zu gehen. Viola versuchte die Gedanken an den Abend zu verdrängen, an dem sie mit Ernst in Kulla zum Tanzen gewesen war. Er war ziemlich betrunken gewesen und hatte sie in einem Gebüsch dazu gezwungen, mit ihm zu schlafen. Viola hatte einen großen Widerwillen empfunden und anschließend versucht, den Vorfall zu vergessen. Doch als die Regel ausgeblieben war, hatte sie einsehen müssen, dass das gewachste Einschlagpapier nicht zur Anwendung kommen würde.

Ihre Eltern hatten eine kleine Landwirtschaft betrieben und fleißig gespart, damit sie die weiterführende Schule würde besuchen können. Sie waren gutmütig und liebevoll, und nicht einmal an dem Abend, an dem sich Viola gezwungen sah, ihr Geheimnis preiszugeben, hatten sie ein böses Wort gesagt. An jenem Abend hatte Viola durch die Wand ihres Zimmers das Weinen ihrer Mutter und die unruhigen Schritte ihres Vaters gehört. Am nächsten Morgen hatte sie sich beim Anblick der rot geränderten Augen ihrer Mutter geschämt. Die Schule war nie mehr erwähnt worden, und die Tasche und das Einschlagpapier waren im Schrank verschwunden. Stattdessen wurde die Hochzeit vorbereitet. Ernst hatte getan, was sich gehörte, und sie geheiratet, und sie war zu ihm auf den Hof seiner Eltern gezogen.

Von Liebe war nie die Rede gewesen. Wenn Ernst bisweilen in ihr Bett gekrochen war, hatte sie ihn empfangen, leer und kalt, und dabei versucht, an etwas anderes zu denken. Eines Nachts war ihr mangelnder Enthusiasmus zum Vorschein gekommen, als Ernst voller Ekstase kurz vor dem Höhepunkt gewesen war und sie plötzlich gefragt hatte: »Hast du eigentlich die Tür vom Hühnerstall zugemacht?«

Ernst war in seine Betthälfte gerollt, und Viola hatte gehört, wie er mit den Zähnen geknirscht hatte, bevor er das Zimmer mit seinem Schnarchen füllte.

Sie hatte sich auf ihr Kind gefreut. Hatte geglaubt, dass dadurch Ernsts Launenhaftigkeit besänftigt würde. Außerdem würde sie viel zu tun haben, was sie auf andere Gedanken bringen würde. Die Geburt war schwer gewesen, und nicht einmal die Versicherung der Hebamme, dass sich Ernas unförmiger Kopf zurechtwachsen würde, hatte Viola trösten können. Ernst hatte keine Freude über seine Tochter erkennen lassen, und erst mehrere Monate nach der Entbindung hatte er sie zum ersten Mal in den Armen gehalten. Nicht liebevoll, sondern mehr wie eine Last, die jemand auf ihn abgewälzt hatte.

Der Parkplatz war fast voll, als sie bei der Versteigerung ankamen. Schweigend stiegen sie aus, und Ernst schloss sorgfältig ab. Wie immer ging er um das Auto herum und prüfte, ob alles abgeschlossen war, selbst der Kofferraum. Erna wusste, dass er gleich noch einmal die Fahrertür öffnen würde, um sich davon zu überzeugen, dass die Handbremse angezogen war, und anschließend, dass das Licht nicht mehr an war. Dann wiederholte sich dieselbe Prozedur bei den Türen, erst dann konnten sie sich auf den Weg zum Auktionssaal machen. Erna strich ihr Kleid glatt und fuhr sich mit der Hand übers Haar.

»Kauft jetzt bloß keinen Plunder, davon haben wir schon genug«, sagte Ernst.

Der Besuch von Versteigerungen war für sie zu einem beliebten Zeitvertreib geworden. Dabei kauften sie nie etwas, sondern sahen sich nur alles an und unterhielten sich mit Bekannten. Das waren Tage, auf die sich Viola und Erna freuten. Insbesondere im Frühling fand Erna solche Veranstaltungen sehr aufregend, weil allmählich die Sommergäste eintrudelten und es viele neue Leute zum Betrachten gab.

Ernst unterhielt sich meist nur mit den anderen alten

Männern, während Erna und Viola die Gegenstände unter die Lupe nahmen, die unter den Hammer kommen würden. Wenn sie sich in einen Gegenstand verguckten, spürten sie Ernsts Blick im Nacken, und es war kaum jemals passiert, dass sie auf etwas geboten hatten, ohne erst Ernsts Genehmigung einzuholen.

Einmal, als Erna noch klein gewesen war, hatte ihre Mutter ihr allerdings einen Überraschungskasten ersteigert, der jede Menge Krimskrams, aber auch einen großen Block mit festem Papier und einen Kasten Stifte enthalten hatte. Ernst war eine ganze Woche lang eingeschnappt gewesen, aber Erna hatte ein unbeschreibliches Glücksgefühl über dieses unerwartete Geschenk empfunden.

Eigentlich stand sie ihrer Mutter sehr nahe, aber man hatte den Eindruck, als wagte keine von ihnen, sich richtig zu ihren Gefühlen zu bekennen. Als Erna den Malblock und die Stifte bekommen hatte, war sie ihrer Mutter ganz spontan um den Hals gefallen, und Viola hatte sie lange ganz fest in den Armen gehalten, als hätte sie sie nie mehr loslassen wollen. Sie hatten mitten in der Küche gestanden und gespürt, wie sich die Wärme in ihnen ausbreitete.

»Was zum Teufel tut ihr da? Seid ihr nicht ganz bei Trost?«, hatte Ernst gefaucht. Mutter und Tochter hatten sich losgelassen und sich einen Augenblick lang in stillem Einvernehmen angesehen. Erna hatte so oft an diesen Moment gedacht und sich zu ihm zurückgesehnt.

Jetzt sahen sie sich den Nachlass von Rektor Påhlsson an, und Erna empfand dieselbe Zusammengehörigkeit mit ihrer Mutter wie damals. Sie interessierten sich beide für Bücher, und bei dieser Versteigerung gab es jede Menge

Kartons, die bis zum Rand mit Büchern und Zeitschriften gefüllt waren.

»Schau mal, Mutti«, sagte Erna plötzlich und zeigte auf die Jahrbücher des Heimatvereins aus den Jahrgängen 1949 bis 1967. Viola fand auch, dass sie in gutem Zustand waren. Sie blätterten eine Weile interessiert darin herum.

»Hier steht was über das Königsgrab und über Stenshuvud«, meinte Viola, und Erna war immer überzeugter davon, dass sie diese Bücher ersteigern musste. Sie wusste, dass ihr Vater vor Wut außer sich sein würde, aber sie hatte ihr Geld sauer genug verdient. Frühmorgens hatte sie die Kühe gemolken und unter der glühenden Sonne Futterrüben gehackt, und das für ein paar elende Hundertkronenscheine im Monat zuzüglich freier Kost und Logis, wie ihr Vater gerne betonte.

»Ich glaube, ich kaufe diese Bücherkiste«, sagte Erna vertraulich zu ihrer Mutter.

»Erna, ich weiß nicht … wobei … interessant sind sie schon, und du liest ja auch gern … aber Vater wird das nicht gefallen.«

»Das ist mir egal«, antwortete Erna mit lauter, klarer Stimme, »diese Bücher muss ich haben.«

»Mach, was du willst«, entgegnete ihre Mutter, und Erna meinte, einen warmen Schimmer in ihren Augen zu sehen.

Zusammen gingen sie durch den Auktionssaal und sahen sich Möbel und Hausrat an. Dabei grüßten sie immer wieder irgendwelche Bekannten, die sie dort trafen. Am Ende schlossen sie sich wieder Ernst an, der eingeschnappt am Kaffeestand wartete.

»Hast du noch mehr Blöcke und Stifte gefunden?«, fragte er seine Frau. Er konnte einfach nicht vergessen, wie sie sich seinerzeit seinem Willen widersetzt hatte.

»Nein, habe ich nicht«, sagte Viola mit ungewöhnlich selbstbewusster Stimme, »aber Rektor Påhlsson hatte wirklich viele schöne Bücher.«

»Bücher«, schnaubte Ernst, »als hätte man nicht in der Schule genug davon gehabt!«

Der Auktionator schlug dreimal mit dem Hammer auf den Tisch. Die Gespräche verstummten allmählich, und es war nur noch das leise Klappern vom Kaffeestand zu hören.

»Herzlich willkommen. Heute wird der Nachlass von Rektor Påhlsson versteigert. Wie immer gilt Barzahlung. Beim Kauf fallen zehn Prozent Provision einschließlich Mehrwertsteuer an. Die Gegenstände werden in dem Zustand verkauft, in dem sie sich befinden. Erwünscht sind Gebote so hoch wie der Hörbyer Sendemast«, scherzte er, »und so schnell wie der Blitz.«

Es wurde gelacht, und der Hammer schlug weitere drei Male auf den Tisch. Neben dem Versteigerer saß geduldig seine Frau, die alle Gebote aufschreiben und den Überblick über die Auktionsgegenstände behalten musste.

»Ein Rauchtisch mit Kupferplatte und Aschenbecher. Na, wie sieht es mit einem Gebot aus?«

Artur Andersson, der Sohn des Tischlers, hielt die zu versteigernden Gegenstände in die Höhe. Er war ein Sonderling, schüchtern und einfältig, aber bei den Auktionen wuchs er über sich hinaus. Vorsichtig hob er die Stücke hoch, trug stolz die alte Schaffnertasche auf dem Bauch herum und kassierte das Geld für den verkauften Trödel ein. Rechnen konnte er, aber im Übrigen war er im Kopf nicht sonderlich fix.

»Vierhundert da hinten bei der Säule, los jetzt, etwas mehr darf es schon sein. Vierhundert, vierhundert zum Ersten … Vierhundertfünfzig zum Ersten, zum Zweiten … « Der Versteigerer ließ seinen Hammer auf die Tischplatte sausen. »Wirklich billig.« Er wandte sich an Artur, der bereits den nächsten Gegenstand hochhielt. »Hier haben wir den ersten Karton mit Büchern. Na, kriege ich ein Gebot? Wunderbare Bücher, Halblederbände. Beeilt euch, das Eishockeyspiel fängt um acht Uhr an. Und, wie sieht es aus?«

»Hundert Kronen.«

Die Stimme war die eines Mannes, der hinter Erna stand. Sie drehte sich um und wurde etwas verlegen, als er ihren Blick erwiderte. Rasch drehte sie sich wieder nach vorn.

Hundert Kronen! Mehr nicht. Der Hammerschlag hallte, und Artur bahnte sich einen Weg durch die Menge, um dem Mann die Kiste zu überreichen. Erna hörte, dass der Fremde einen mittelschwedischen Dialekt sprach.

Der Hausrat wurde Stück um Stück in alle Winde zerstreut, und mit der Zeit zerstreute sich auch die Menge. Erna und ihre Eltern pflegten nach der Halbzeit eine Tasse Kaffee zu trinken und eine Zimtschnecke zu essen. Das war etwas Besonderes, weil sie sonst nie auswärts aßen oder tranken. Bei einer Versteigerung gönnten sie sich jedoch diesen Luxus.

Erna fiel es schwer, sich zu konzentrieren. Sie behielt die ganze Zeit die zu versteigernden Gegenstände im Auge, denn sie hatte Angst, den Karton mit den heimatkundlichen Büchern zu verpassen. Auch Viola wirkte nervös, vielleicht weil sie wusste, dass ihre Tochter mitbieten wollte. Gerade als ihnen die Kellnerin das Tablett hinstellte, hielt Artur den Karton mit den Büchern in die Höhe.

»Hundert Kronen«, rief Erna, noch ehe der Auktionator etwas gesagt hatte.

»Hundert Kronen sind von Ernst Henningssons Erna geboten. Dann sollst du sie auch haben, Mädchen«, sagte der Versteigerer, noch ehe jemand mitbieten konnte. Erna wagte es nicht, ihren Vater anzusehen. Sie zog ihr Portemonnaie aus der Tasche und reichte Artur fünf Zwanzigkronenscheine.

»Ist das dein Beitrag zur Altpapiersammlung?«, fragte Ernst mit harter Stimme und deutete auf die Bücher. Erna sah sich verlegen um, um sich zu vergewissern, dass ihn niemand gehört hatte.

»Das sind schöne Bücher. Ich habe sie mir auch angesehen«, warf Viola ein und starrte auf die Tischplatte.

»Wie nett«, meinte Ernst säuerlich. »Dann können wir uns ja bald die Fernsehgebühren sparen. Stattdessen können wir abends lesen.« Er biss in seine Zimtschnecke und schmatzte laut. Als sie fertig waren, standen Ernst und Viola auf, während Erna sitzen blieb, weil sie ihre Bücher nicht unbeaufsichtigt lassen wollte.

»Ist hier noch frei?«

Erna drehte sich um. Vor ihr stand der Mann, der auf die anderen Bücher geboten hatte.

»Natürlich. Bitte schön«, sagte sie freundlich und schob die Krümel von den Zimtschnecken zu einem kleinen Haufen zusammen.

»Sie interessieren sich also auch für Literatur«, stellte der Mann fest und deutete auf Ernas Karton.

»Ja«, antwortete Erna und dachte plötzlich an ihren Kopf und ihr seltsames Haar. Sie bereute es, nicht, wie sie es vorgehabt hatte, ein Tuch umgebunden zu haben. Aber dafür war es zu spät, und sie hatte das Gefühl, dass ihr Kopf irgendwie immer größer wurde, aber vielleicht lag das auch daran, dass ihr Herz so heftig pochte. Die Stimme des Mannes war so warm und herzlich. Wann hatte sie schon mal jemanden im Dorf von Büchern als Literatur sprechen hören?

»Ja, ich lese viel.«

Sein Blick wich ihr nicht aus, als sie ihn betrachtete. Sie war es gewohnt, dass ihr Aussehen die Leute in Verlegenheit brachte und dass sie den Blick abwandten.

»Schauen Sie mal, was für ein Schnäppchen ich gemacht habe!«, fuhr er stolz fort. »Die Grundlagen der Archäologie. Sieben Bände ... illustriert.«

»Wie interessant. Ich habe ein paar heimatkundliche Bücher ersteigert.« Erna schaute nervös nach ihren Eltern.

»Erwarten Sie jemanden?«

»Nein, nein.«

Gerade als Erna ihre Bücher aus dem Karton nehmen und vorführen wollte, trat Ernst an den Tisch. Er grüßte nicht, sondern zerrte Erna einfach nur unwirsch am Arm.

»Wir fahren!«

Sie legte die Bücher in den Karton zurück. Erhob sich verlegen und schob dann die Krümel ein weiteres Mal zusammen.

»Nett, Sie kennengelernt zu haben«, sagte der Fremde.

Sie lächelte verkrampft und hob die Bücherkiste hoch. Er stand auf, als wollte er sie am Gehen hindern.

»Wir sollten vielleicht mal …«

Erna hörte die Fortsetzung nicht mehr, denn sie war schon auf dem Weg nach draußen zum Auto. Ihre Mutter saß bereits auf dem Beifahrersitz. Verärgert öffnete Ernst den Kofferraum.

»Mit etwas Glück passt die Büchereifiliale Kivik hier hinten tatsächlich noch rein«, meinte er mürrisch.

Erna antwortete nicht, sondern stellte den Karton in den Kofferraum und nahm dann schweigend auf dem Rücksitz Platz.

Sie fühlte sich innerlich ganz leer, und plötzlich überkam sie dieses merkwürdige Empfinden, das irgendwo in der Mitte zwischen Lachen und Weinen lag. Zum ersten Mal hatte sie es bei ihrer Konfirmation erlebt. Als sie vor dem Altar gestanden hatte und das Brot hatte empfangen sollen, hätte sie sich fast vor Lachen geschüttelt. Sie hatte nicht gewusst, warum, schließlich war sie ja innerlich vollkommen ernst gewesen, ja, ergriffen von der Feierlichkeit des Augenblicks, aber die Anspannung hatte irgendetwas in ihr zum Kippen gebracht.

Sie hatte oft über diesen Vorfall nachgedacht. Sie mochte gar nicht daran denken, was ihre Eltern gesagt hätten, wenn sie ihnen beim heiligen Abendmahl die Schande bereitet hätte, in lautes Gelächter auszubrechen. Es wäre zwar kein normales Lachen gewesen, das wusste Erna, aber sie schämte sich trotzdem. Während der darauffolgenden Wochen meinte sie zu spüren, dass Gott irgendwie Genugtuung von ihr verlangte. Zum ersten Mal hatte sie seine Stimme in der Schule in einer Geschichtsstunde gehört.

»Lies den Katechismus, lies den Katechismus«, hatte sie über ihrem Kopf gehört. Es war ein schreckliches Erlebnis gewesen. Am selben Tag hatte sie ihre Menstruation bekommen, und sie hatte gespürt, wie das Blut förmlich aus ihr herausgeströmt war. Ich muss Gottes Mahnung befolgen, sonst verblute ich, hatte sie gedacht. Stina aus Kulladal hatte nach der Schule mit ihr spielen wollen, aber Erna hatte gelogen und behauptet, sie müsse im Stall mithelfen. Wie eine Wahnsinnige war sie nach Hause geradelt. Sie hatte Angst gehabt, dass Gott sie ein weiteres Mal anrufen würde. Gerade als sie die Einfahrt zum Hof hinaufgekeucht war, hatte sie die Stimme erneut vernommen: »Lies den Katechismus, lies den Katechismus, jeden Mittwoch ...«

Erna spürte, wie ihr Herz schlug. Selbst ihre Mutter, die ihre Gemütsverfassung stets so gut zu deuten wusste, sah erstaunt aus, als ihre Tochter atemlos ins Haus rannte. Erna warf ihre Schultasche in der Diele ab, stürmte auf ihr Zimmer und schloss die Tür hinter sich ab, was sie noch nie getan hatte.

»Erna, Erna«, hörte sie ihre Mutter vor der Tür flüstern. Doch sie antwortete nicht, sondern suchte im Schrank nach dem kleinen Katechismus, den sie zur Konfirmation bekommen hatte. Dann setzte sie sich und begann zu lesen. Erst nach einer Stunde begann sie einen gewissen inneren Frieden zu empfinden. Jetzt ist Gott vermutlich zufrieden, dachte sie und legte das Buch wieder in den Schrank. Fast ein Jahr lang las sie jeden Mittwoch im Katechismus, wie Gott es ihr aufgetragen hatte. Sie hatte Angst, Gottes mahnende Stimme wieder hören zu müssen, erzählte aber niemandem von dieser merkwürdigen Offenbarung.

Ein zweites Mal überwältigte Erna dieses seltsame Gefühl, dass sich die Grenze zwischen Lachen und Weinen verwischte, bei der Beerdigung ihrer Tante. Als der Pfarrer sagte: »Denn du bist Erde und sollst zu Erde werden«, meinte sie von einem hysterischen Lachen zerrissen zu werden. Sie presste die Hände so fest zusammen, dass sie fast die rote Nelke zerdrückt hätte. Sie schaute auf ihre Mutter, die die ganze Zeit weinte, und hatte auf einmal das Gefühl, dass gleich alle Dämme brechen würden. Die weitere Rede des Pfarrers war völlig an ihr vorbeigegangen.

Viola hatte ihre Tochter damals anstoßen müssen, damit diese aus ihren Gedanken aufschreckte und wieder zur Beerdigung ihrer Tante zurückkehrte. Das unangenehme Gefühl, in Lachen ausbrechen zu müssen, war in aufrichtige Wehmut umgeschlagen. Erna wusste, dass ihre Tante ihrer Mutter sehr viel bedeutet hatte. Sie hatte oft gehört, wie sie sich vertraulich am Telefon miteinander unterhalten hatten. Und schließlich hatte ihr Mitgefühl mit der Mutter den Tränenfluss ausgelöst.

Erna zuckte zusammen und kehrte in die Gegenwart zurück. Sie sah ihren Vater an und begegnete für einen kurzen Moment seinem Blick im Rückspiegel. Die Augen waren kalt und hart. Er sah erschöpft und alt aus, sein Gesicht war zerfurcht und seine Haut gerötet. Sein Haar war fettig von zu viel Pomade, und er hatte ein paar längere Haarsträhnen über seine Glatze gekämmt. Erna hatte diese seltsame Frisur immer abstoßend gefunden und nicht verstanden, dass er seine Glatze nicht einfach akzeptierte, da er es ja auch im Übrigen mit seinem Äußeren nicht so genau nahm.

»Rut Assarsson hat sich eine schöne Lampe gekauft«, sagte Viola plötzlich, weil ihr die Stille offenbar zu lang dauerte.

»Kaufen, kaufen, immer nur kaufen! Was will sie denn mit einer Lampe?«

»Ich habe sie nicht gefragt«, erwiderte Viola unwirsch. »Vermutlich will sie sie anschalten, wenn es dunkel wird. Dafür hat man schließlich Lampen.«

Erna musste lachen. Diese Unterhaltung war so abwegig. Gleichzeitig fand sie es befreiend, dass ihre Mutter sich traute, schnippisch zu sein. Als Erna wieder die Augen ihres Vaters im Rückspiegel sah, blieb ihr das Lachen im Halse stecken, verschwand aber nicht ganz.

»Bist wohl etwas naseweis heute, Viola, was? Ja, ihr beiden Weiber werdet frech, sobald ihr den heimatlichen Hof hinter euch gelassen habt. Aber das steht euch nicht, und zwar keiner von euch beiden. Nur dass ihr es wisst«, schnaubte er. »Und Rut Assarsson, die sieht doch im Halbdunkel sowieso am besten aus. Das Geld hätte sie sich sparen können. Dass ihr euch nie an den Leuten orientieren könnt, die wissen, was sich gehört.«

»Wie Gerda Nilsson«, sagte Viola rasch, weil sie wusste, was jetzt kommen würde.

»Genau«, erwiderte Ernst und strahlte. »Die scharwenzelt nicht wie ihr im Auktionssaal herum, nein, die steht die ganze Zeit treu neben ihrem Algot.«

Viola hatte keine Lust, weitere Worte auf Gerda Nilsson oder sonst jemanden zu verschwenden, und war erleichtert, als sie zu Hause ankamen.

Kaum dass er den Wagen abgestellt hatte, ging Ernst auf die Küchentreppe zu. Er kam gar nicht auf die Idee,

Erna mit der Bücherkiste zu helfen, und das war vielleicht auch besser, denn so blieben ihr weitere spitze Bemerkungen erspart. Sie beschloss, die Kiste später am Abend ins Haus zu tragen, wenn ihr Vater im Stall war.

Viola setzte sich mit einem Kreuzworträtsel an den Tisch, und Erna machte sich an den Topfpflanzen zu schaffen.

Draußen pfiff der Wind um die Hausecken.

2. *Kapitel*

Der Keramiker Börje Ek fuhr mit seinem Wohnmobil in den Garten des kleinen Hauses unten am Hafen von Kivik. Der Garten war nicht sonderlich gepflegt, aber er hatte das Haus erst im Sommer zuvor gekauft und die erste Zeit mit dem Versuch verbracht, es bewohnbar zu machen. Die Außenarbeiten würden später folgen.

Das schwere Fahrzeug hinterließ tiefe Spuren in der lehmigen Erde, und er musste den vielen Pfützen ausweichen, die den Weg zur Haustür säumten. Er ging über die alte Veranda mit den beiden wackligen Sitzbänken und schloss die Tür auf, die einmal blau gewesen war.

In der Küche roch es muffig. Auf dem Tisch standen eine leere Weinflasche und daneben eine Kerze. Auf der Fensterbank lagen eine Pfeife und ein Päckchen Tabak. Daneben befand sich ein Tablett mit einer Reihe von grünen Plastikblumentöpfen. Die Samentütchen unter den Töpfen verrieten, was man darin angesät hatte.

Börje war in Stockholm aufgewachsen. Sein Vater war Schriftsteller gewesen, hatte aber nur für wenige Manuskripte einen Verlag gefunden. Eines seiner Bücher hatte den Titel »Die Anpassung des Menschen an unterschiedliche gesellschaftliche Umfelder« getragen. Börje erinnerte sich, dass er beim Lesen nichts verstanden hatte. Vermutlich hatte auch sonst niemand etwas begriffen. Die Kritiken waren jedenfalls vernichtend gewesen.

Sein Vater hatte einmal einen Schreibkurs an der Volkshochschule besucht, aber im Übrigen keine Ausbildung abgeschlossen. Warum er plötzlich über den Menschen und die Beeinflussung durch seine Umwelt hatte schreiben wollen, lag vermutlich daran, dass der gesellschaftliche Hintergrund seiner Eltern sehr verschieden gewesen war. Sein Vater war der Jüngste von sieben Geschwistern gewesen und in ärmlichen Verhältnissen aufgewachsen. Sein Großvater väterlicherseits hatte in einem Stahlwerk in Norrbotten gearbeitet, und seine Großmutter war Hausfrau gewesen. Börjes Mutter Louise stammte aus einer wohlhabenden Stockholmer Familie, der es sehr schwergefallen war, ihre Wahl eines Ehemannes zu akzeptieren. Louise hatte eine Privatschule in England besucht und nach ihrer Heirat als Übersetzerin für verschiedene Unternehmen gearbeitet. Da sein Vater kein festes Einkommen besessen hatte, musste seine Mutter das Geld verdienen.

Sie hätte es gern gesehen, dass ihr Sohn eine Privatschule im Ausland besucht hätte, aber zu ihrem großen Kummer war er an der Kunsthochschule angenommen worden. Nach dem Studium hatte er gejobbt – als Spüler im Restaurant und als Zeitungsbote. Abends hatte er Kunstbücher gelesen und Platten gehört und war eigentlich recht zufrieden mit seinem Dasein gewesen. Natürlich hatte er sich gewünscht, von seiner Kunst leben zu können. Formen hatten ihn immer fasziniert, und es war für ihn naheliegend gewesen, sich auf Keramik zu spezialisieren. Einige Winter lang hatte er Töpferkurse geleitet. Zwar interessierte ihn das Unterrichten nicht, aber die Kurse hatten ihm nicht nur ermöglicht, Geld zu verdienen, sondern auch, sich seiner Kunst zu widmen, denn so hatte er

Zugang zu Brennöfen gehabt. Bei einem dieser Abendkurse hatte er Lena kennengelernt. Sie hatte wirklich Talent. Ihre sonst so weichen Hände wirkten plötzlich so kraftvoll, wenn sie ruhig und methodisch an der Töpferscheibe arbeiteten. Lena stammte aus Schonen, und auf einer ihrer Reisen dorthin hatte sich Börje ins Meer verliebt, in die kilometerlangen Strände, die Felder und die pittoresken kleinen Fischerdörfer. Dort wirkte das Leben so einfach, so authentisch, so intensiv und inspirierend.

Er griff zu einem Plastikkanister mit Wasser, der unter der Spüle stand, füllte den Wasserkessel und stellte diesen auf eine Kochplatte des Holzherdes. Die Wasserleitung war im Winter eingefroren und seither defekt, weshalb er sein Wasser in Kanistern unten am Hafen holte. Auch die Küche in Börjes Elternhaus war nicht groß gewesen, hatte aber trotzdem den Freunden seines Vaters als Treffpunkt gedient. Dort war Gitarre gespielt und bis spät in die Nacht Rotwein getrunken worden. Als Börje klein war, hatte seine Mutter oft dabeigesessen und zur Gitarre gesungen. Ihre klare Stimme war ihm himmlisch schön vorgekommen. Börje hatte die merkwürdigen Leute, mit denen sein Vater verkehrte, aufregend gefunden. Sie schienen das Leben so leichtzunehmen, aber er erinnerte sich auch an den resignierten Blick seiner Mutter, wenn sie für eine Übersetzungsarbeit um Ruhe bat.

Das kleine Holzhaus, in dem sie wohnten, hatte seine Mutter seinerzeit bar bezahlt, und obwohl es sehr eng war, hatte sich Börje dort wohlgefühlt. Seine Eltern schienen zusammen glücklich zu sein, obwohl sie aus so unterschiedlichen Elternhäusern stammten und trotz ihres ständigen Streits um Geld.

Erst als Erwachsener hatte sich Börje Gedanken darüber gemacht, wie es wohl für seine Mutter gewesen sein musste, sich an ein so ganz anderes Leben anzupassen. Sie pflegte sporadischen Kontakt zu ihren Geschwistern und deren Familien, und Börje hatte die Schulferien oft bei seinen Cousins und Cousinen verbracht. Als seine Großeltern mütterlicherseits noch lebten, hatte er zahlreiche Ferientage in ihrer großen Villa in Djursholm verbracht, wo seine Mutter aufgewachsen war.

Börje sah die Küche noch vor sich. Sie war geräumig gewesen und hatte hohe Decken, einen Parkettboden und Küchengardinen gehabt, die wie Vorhänge in einem Wohnzimmer drapiert gewesen waren. Von der Küche hatte ein Gang mit einer Anrichte zum Speiseraum geführt. Der Raum hatte zwei Türen gehabt, und Börje war mit seinen Cousins und Cousinen oft im Kreis gelaufen. Manchmal, wenn es seinem Großvater zu bunt geworden war, hatte er eine der Türen abgeschlossen. Seine Großmutter hatte sich nur selten in der Küche aufgehalten. Bei den Großeltern hatte es eine Haushälterin namens Valborg gegeben. Sie war für Börje so etwas wie eine zweite Mama gewesen. Sie war dick und hatte ihn fest in den Arm genommen, Zimtschnecken gebacken und war fast immer fröhlich gewesen. Da sie aus Schonen stammte, war es Börje bisweilen schwergefallen, sie zu verstehen. Valborg verlor nie die Geduld, wenn Börje und die anderen in der Küche herumtobten. Nur ein einziges Mal hatte sie die Beherrschung verloren, und zwar bei einem großen Abendessen im Familienkreis. Er war etwa sieben Jahre alt gewesen, und einer der Gäste hatte seinen Sohn Viktor dabeigehabt, einen kleinen dicken, sommersprossigen Jungen, der nach außen kriecherisch und brav wirkte, doch sobald ihm die Erwachsenen den Rücken kehrten, stellte er eine Menge Unfug an. Viktor hatte gefragt, ob Börje nicht eine Nylonstrumpfhose besorgen könne. Börje hatte sich ins Zimmer seiner Großmutter geschlichen und drei Strumpfhosen aus einer Schublade gemopst. Dann hatten die Jungen abgewartet, bis Valborg zum Servieren ins Esszimmer gegangen war. Kaum war sie verschwunden, war Viktor zu dem Gebläse gerannt, das sich in einem Kamin über dem Herd befand. Die Entlüftung war so hoch angebracht, dass man sie mit einer Kette in Gang setzen musste.

»Schau mal!«, hatte Viktor gerufen und eine Strumpfhose in die Höhe geworfen, die sofort von dem Gebläse angesaugt wurde und verschwand. Erst hatte Börje nur zugeschaut, sich dann aber an dem Spiel beteiligt. Er war losgerannt und hatte weitere Strumpfhosen geholt. Als Börje die letzte in die Luft geworfen hatte, war Valborg gekommen und hatte sie erwischt.

»Rotzbengel!«, hatte sie geschrien und das Gebläse abgestellt.

»Wir wollten doch nur schauen, ob er auch ordentlich zieht«, hatte Viktor auf seine scheinheilige Art erklärt. Dabei faltete er nach Gutsherrenart die Hände auf dem Rücken und legte den Kopf ein wenig schräg.

»Passt nur auf, sonst zieht es gleich richtig«, hatte Valborg entgegnet und zum Teppichklopfer gegriffen. Börje hatte sich geschämt, aber Viktor war einfach abgezogen, hatte sich auf das große Sofa im Salon gesetzt und eine altkluge Unterhaltung mit den Erwachsenen begonnen, als wäre nichts gewesen.

Börje sah sich in seiner kleinen Küche um. Ihm fehlten

seine Großeltern und manchmal auch die Villa in Djursholm. Am meisten aber fehlte ihm der große, parkähnliche Garten. Dort hatte er oft auf einer Bank gesessen, mit einem Buch oder einfach nur, um allein zu sein.

Er schaute aus dem Fenster. Von einem Park kann wirklich nicht die Rede sein, dachte er, als er den verwilderten Garten betrachtete. Er wusste jedoch, dass Blumenbeete und vielleicht eine kleine Laube den Garten völlig verändern konnten. Seine Großeltern hatten eine Laube gehabt, die seine Cousins und Cousinen als Spielhaus verwendet hatten. Eines Abends hatte er in der Dämmerung dort gesessen und nachgedacht. Da hatte er gehört, wie sich seine Großeltern auf die Bank vor der Laube gesetzt hatten. Er hatte sich nicht zu erkennen gegeben, sondern ihre leise Unterhaltung belauscht.

»Ich mache mir Sorgen um den Jungen«, hatte seine Großmutter gesagt.

»Es fehlt ihm doch nichts.«

»Aber all diese seltsamen Menschen bei ihm zu Hause. Er kommt einfach nicht zur Ruhe.« Im Verlauf der Unterhaltung hatte Börje begriffen, dass von ihm die Rede war.

»Er ist doch ausgeglichen und harmonisch, Rut, du brauchst dir keine Sorgen zu machen.«

Börje erinnerte sich, dass er sich die Hände vor die Ohren gehalten hatte, um die Unterhaltung nicht mit anhören zu müssen. Irgendwann hatte er eine Fliege von seiner Nase vertreiben müssen und dabei versehentlich einen Hocker umgeworfen. Er hatte sich geschämt, als sein Großvater die Tür zur Laube geöffnet hatte.

»Sieh an, da sind doch heute Abend wahrhaftig Spione im Garten unterwegs!«, hatte er gescherzt. »Du gehst besser zu Valborg rein, bevor sie sich Sorgen macht.« Dann hatte er ihn auf die Schultern genommen und war mit ihm über die große Wiese galoppiert, und seine Großmutter hatte sie gejagt. Börje hatte gelacht und das Gespräch fürs Erste vergessen.

Als Börje in die Dunkelheit hinausschaute, fiel ihm die Frau aus dem Auktionssaal plötzlich wieder ein. Eigentlich verstand er nicht so ganz, warum. Eine Schönheit war sie nicht gewesen, etwas an ihrer Kopfform war seltsam, aber ihre Augen waren wunderschön. Sie wirkten klug und traurig zugleich, hatten aber auch ein schelmisches Funkeln. Er hätte sich wirklich gerne länger mit ihr über Bücher unterhalten.

Erna freute sich immer auf die Tage, an denen sie morgens fürs Melken der zwanzig Kühe zuständig war. Dann stand sie als Erste auf. An diesem zeitigen Frühlingsmorgen ging sie wie immer zur Landstraße, um die Zeitung aus dem Briefkasten zu holen. Die Briefkästen standen nebeneinander. Einige waren grün und aus Plastik, andere alt und aus rostigem Blech. Erna hatte im vorigen Sommer den alten Briefkasten der Familie angemalt. Erst hatte sie ihn moosgrün grundiert, anschließend hatte sie eine hübsche Blumenranke und den Namen Henningsson in zierlichen Buchstaben daraufgemalt. Ihr Vater war außer sich gewesen.

»Immer musst du auffallen«, hatte er gesagt.

Ihre Mutter hatte wie immer versucht, sie zu verteidigen, was Ernst noch wütender gemacht hatte.

»Rottet euch nur zusammen! Wir machen uns in der ganzen Gegend lächerlich. Blumen auf dem Briefkasten!

Meinst du etwa, hier draußen an der Landstraße findet eine dieser verdammten Vernitäten statt, oder wie?«

»Vernissagen«, korrigierte Erna und sah, wie ihr Vater die Hände zu Fäusten ballte.

»Habe ich doch gesagt«, sagte Ernst mürrisch. Es beschämte ihn, wenn seine Tochter ihn berichtigte. Manchmal trieb sie ihn damit fast in den Wahnsinn. Fremdwörter kannte sie, aber ihm konnte sie damit noch lange nicht imponieren. Einmal, als sie einen Brief vom Finanzamt bekommen hatten, hatte er den Inhalt nicht begriffen. Er hatte Erna fragen müssen, und die hatte ihm seine Frage sofort beantworten können. Das hatte ihm lange zugesetzt, und er hatte beschlossen, sie nie wieder etwas zu fragen.

Einige Wochen später hatten einige Kinder mit Filzstift »Schwachkopf« auf den Briefkasten geschmiert.

»Selber schuld!«, hatte Ernst kommentiert.

Erna hatte das Schmähwort übermalt, und obwohl es nicht mehr zu sehen war, musste sie immer daran denken. Im Verlauf des Sommers hatten zwei der Sommergäste ihre Briefkästen ebenfalls angemalt, was Erna mit Genugtuung erfüllt hatte.

Der Frühlingsmorgen war kühl. Erna zog ihre Wolljacke enger um sich, blieb stehen und holte tief Luft. Aus irgendeinem Grund, den sie selbst nicht begriff, blieb sie immer am Briefkasten stehen, zog die Zeitung heraus und schlug die Seite mit den Hochzeitspaaren auf. Ganz gleichgültig, ob es regnete oder schneite. Das hatte schon fast etwas Zwanghaftes. Einmal hatte sie versucht, es zu unterlassen, aber anschließend war ihr den ganzen Tag nicht wohl gewesen.

Im Stall fühlte sich Erna geborgen. Das Muhen der

Kühe klang für sie wie ein Wiegenlied, und die weichen Tierkörper strahlten eine angenehme Wärme aus. Manchmal blieb Erna noch, obwohl sie mit dem Melken fertig war. Sie setzte sich auf einen Melkschemel an der Wand und ließ ihren Gedanken freien Lauf. Es wäre ihr lieb gewesen, wenn die düsteren Gedanken durch die kleinen Stallfenster verschwunden wären. Die aufregenden, erwartungsvollen Gedanken hätte sie gerne eine Weile behalten und genossen. Die zwanghaften religiösen Gedanken, die sie eine kurze Zeit lang beherrscht hatten, machten ihr immer noch Angst. Wenn sie allein im Stall saß, befürchtete sie manchmal, Gott könnte ihr erscheinen und sie bitten, den Katechismus zu lesen. Sie fragte sich, warum Gott ausgerechnet sie dazu auserwählt hatte, den Katechismus zu lesen.

Gewisse Zwangsvorstellungen hatten Erna immer schon begleitet. Zum Glück hatte sie einmal in einer Fernsehsendung erfahren, dass so etwas völlig normal war, und das hatte sie ein wenig beruhigt. Ihre häufigste Zwangsvorstellung war, dass sie an der Landstraße einen bestimmten Briefkasten erreichen musste, bevor ein Auto sie überholte, sonst würden ihre Eltern sterben. Häufig war sie wie besessen drauflosgeradelt. Kam ein Auto, konnte sie ihre Eltern dadurch retten, dass sie ihr Fahrrad bis zu einem gewissen Punkt zurückschob und einen neuen Versuch unternahm. Wenn auch dieser missglückte, würde sich ihre Befürchtung bewahrheiten.

Dieses schreckliche Gefühl hatte sie lange beherrscht. Als sie einmal von einem solchen Fahrradausflug nach Hause gekommen war und ihre Mutter gesehen hatte, die auf dem Hof stand und sich erbrach, hatte Erna gerufen:

»Stirb nicht, Mutti, bitte stirb nicht.« Sie hatte an allen Gliedern gezittert, war zu ihrem Vater gelaufen und hatte ihn gebeten, den Krankenwagen zu rufen.

»Mutter stirbt!«, hatte sie gerufen. Ihr Vater hatte gerade auf der Küchenbank gelegen und Zeitung gelesen. Auf ihr Rufen hin war er ohne Holzpantinen auf den Hof gerannt. Als er unten Viola sah, hatte Ernst seine Tochter an den Schultern gepackt, sie geschüttelt und angeschrien: »Du Lügnerin!« In der Küche hatte sich Viola ein weiteres Mal übergeben. Ernst hatte verängstigt und verlegen gewirkt.

»Trink etwas kalte Milch, dann wird es besser, ganz bestimmt«, hatte er hilflos gesagt und ihr ein Glas Milch eingegossen. Erna hatte sich in ihr Zimmer verdrückt und war den restlichen Tag nicht mehr zum Vorschein gekommen. Sie hatte ängstlich gelauscht, ob sich ihre Mutter ein weiteres Mal übergeben würde. Verzweifelt hatte sie zu Gott gebetet, er möge ihre Mutter nicht sterben lassen. Als sie Richtung Stenshuvud geschaut hatte, war der Himmel rotorange gewesen. Auf einmal hatten sich die Wolken geteilt, und sie hatte das Gefühl gehabt, Gott blicke freundlich zu ihr hinab.

Bereits am nächsten Tag war Viola wieder vollkommen gesund gewesen, doch Erna hatte sich wochenlang nicht mehr getraut, Fahrrad zu fahren, weil sie Angst gehabt hatte, ihre Zwangsvorstellungen könnten zurückkehren.

Als Erna mit der Zeitung ins Haus zurückkehrte, war der Kaffee schon durchgelaufen, und ein herrlicher Duft erfüllte die kleine Küche. Wie immer las sie ausgiebig die

Zeitung. Sie begann mit dem Lokalteil und las dann die Artikel, die sich mit dem Weltgeschehen befassten.

Es fiel ihr schwer, sich zu konzentrieren. Das Bild des Mannes aus dem Auktionssaal tauchte ständig vor ihrem inneren Auge auf. Ihr war nicht entgangen, dass er ihr mit dem Blick gefolgt war, als sie aufgebrochen war.

Am Nachmittag wollte ihr Vater bei der Genossenschaft Dünger kaufen. Erna konnte also in aller Ruhe in ihrem Zimmer sitzen, ohne mit patzigen Fragen und säuerlichen Aufforderungen rechnen zu müssen. Immer wenn sie in ihr Zimmer ging, um zu lesen oder Radio zu hören, folgte ein Kommentar ihres Vaters – so sicher wie das Amen in der Kirche.

»Hast du nie darüber nachgedacht, ins Kloster zu gehen?«, pflegte er zu sagen. »Wie eine Salzsäule im Zimmer sitzen und in alten Büchern blättern, obwohl wir Fernsehgebühren bezahlen und der Garten voller Unkraut ist.«

Viola, die selbst gerne mal allein war, stellte nie irgendwelche Fragen, ganz im Gegenteil schien sie Erna insgeheim zu verstehen.

Zum ersten Mal schaute sich Erna die Bücher an, die sie auf der Auktion ersteigert hatte. Sie blätterte darin und begann dann zu lesen. Die Geschichten über ihre Heimat faszinierten sie. Die meisten kannte sie natürlich, aber die eine oder andere Anekdote war ihr neu, und nicht einmal das Gezwitscher der Vögel draußen vor dem Fenster drang zu ihr durch. Nicht nur die Inhalte faszinierten Erna, sondern auch das geschriebene Wort. Sie genoss die Formulierungen und die Worte, die in ihrer Familie und in ihrem Bekanntenkreis nie verwendet wurden. Gelegentlich hatte sie selbst versucht zu schreiben. Einfache, kurze Erzählungen.

Sie hatte versucht, Worte zu verwenden, die sie im Alltag nicht gebrauchte. Ein solches Wort war »Schattierung«. Zum ersten Mal hatte sie es in einer Fernsehsendung über Antiquitäten gehört. Man hatte einen gewebten Wandteppich gezeigt und von den Farbschattierungen gesprochen. Erna fand das Wort besonders schön. Tagelang hatte sie es insgeheim in verschiedenen Zusammenhängen ausprobiert. Als ihre Mutter dann eine Vase Studentenblumen auf den Küchentisch gestellt hatte, dachte Erna das Wort nicht nur, sondern sprach es auch laut aus: »Was für schöne Schattierungen diese Blumen haben.«

»Was sagst du da, Mädchen? Haben die Blumen etwa irgendwelches Ungeziefer?«

Ihr Vater hatte ihr solche Augenblicke immer verdorben. Manchmal tat er ihr fast leid, weil er so unsensibel war. Vor lauter Einfalt wird er noch verkümmern, ohne jemals geblüht zu haben, dachte sie und versuchte ihre Hand zärtlich auf die ihres Vaters zu legen.

»Du hast aber trockene Finger«, pflegte er dann meist zu sagen und aufzustehen, um einer peinlichen Situation vorzubeugen. Nein, Nähe und Wärme konnte er nicht zulassen und natürlich auch nicht geben.

Erna schlug das Heimatbuch des Jahrgangs 1958 auf. Hier wurde vom Leben in dem kleinen Fischerdorf erzählt, von den verschiedenen Fischerfamilien und Anekdoten aus dem Fischerleben. Erna musste lachen, als sie von Nils Anders las, bei dessen Sechzigstem geräucherte Makrele auf der Kaffeetafel gelegen hatte – angerichtet auf einem Tellerchen direkt neben dem Napfkuchen. Kein Wunder, dass er daraufhin nur noch Makrelen-Nils genannt wurde.

Gerade als Erna den Band zuschlagen wollte, fiel ein Umschlag heraus. »Egon Påhlsson« stand in zierlichen Buchstaben darauf. Der Brief war nicht frankiert. Erna stutzte, es kam ihr verboten vor, plötzlich einen privaten Brief in der Hand zu halten. Sie legte ihn ins Buch zurück und versuchte weiterzulesen, es fiel ihr jedoch schwer, ihre Gedanken zu sammeln.

Sie erhob sich und schaute in die Küche. Durch ein Fenster sah sie ihre Mutter auf dem Hof ein paar Milchkannen spülen. Sie zog den Umschlag wieder aus dem Buch und zögerte eine Sekunde, ehe sie einen vergilbten Bogen herauszog. Es war dieselbe Handschrift wie auf dem Umschlag. Zierlich, feminin, mit Füllfederhalter geschrieben.

Geliebter Egon,
als Du letzten Mittwoch gingst, war es so, als würde ich alleine im Mondenschein dastehen. Deine Wärme pulsierte immer noch auf meinen Lippen. Mein Begehren kennt keine Grenzen, und trotzdem weiß ich, dass es nur kurze Episoden des Glücks geben kann und dazwischen einen tiefen Abgrund.

Erna hielt die Luft an. Es beschämte sie, dass sie in das Privatleben anderer Menschen eindrang, aber sie konnte doch nichts dafür, dass der Brief in dem Buch gelegen hatte, das sie gekauft hatte. Schließlich hatte sie es bezahlt. Das Buch und sein Inhalt gehörten also ihr, aber natürlich hätte sie den Brief wegwerfen sollen, ohne ihn erst zu lesen.

Erna konnte sich an Egons Ehefrau Marta erinnern. Es war ihr fast unvorstellbar, dass Marta diese Worte geschrieben haben sollte. Marta war eine solide und ehrbare

Frau gewesen. Klein und kräftig und mit einem so riesigen Busen, dass es immer den Anschein gehabt hatte, als würde sie vornübergebeugt gehen. Sie hatte immer wenig kleidsame, unauffällige Kleider getragen und das Haar zu einem kleinen Dutt im Nacken hochgesteckt. Ihr Mund war schmal wie ein Strich gewesen, und sie hatte eine Warze am Kinn gehabt mit einem einzigen langen schwarzen Haar, das wie ein Fühler vorgestanden war. Marta war eine intelligente Frau mit einer guten Schulbildung gewesen, aber dass sie solch einen sinnlichen Brief formuliert haben sollte, kam Erna höchst merkwürdig vor.

Können wir uns nächsten Mittwoch wieder an derselben Stelle treffen? Ich muss wissen, ob es wirklich möglich ist, dass Steine eine so wunderbare Kraft besitzen. Ich habe es zwar selbst erlebt, aber vielleicht waren es ja die Umstände, das Mondlicht, die Grillen und Deine Nähe, die den Sagen Leben eingehaucht haben.

Egon, Du bist wie ein Sturmwind durch mein Leben gefegt, wie ein Tornado, und Du hast meine Seele in Aufruhr versetzt. Gott helfe, dass es ewig so bleiben möge.

Deine Sklavin
Maria

PS: Ich habe das Gedicht von Hjalmar Gullberg gelesen und bin Deiner Meinung, dass es eine Tiefe enthält, die sich außerhalb unseres Horizonts befindet.

Erna rang nach Luft. Im Jahr 1958 war Påhlsson bereits mit Marta verheiratet gewesen. Erna war klar, dass sie einen Liebesbrief in der Hand hielt, den ein verheirateter Mann von seiner Geliebten erhalten hatte. Dabei wirkte das so absurd. Ihre Mutter hatte oft von Påhlsson erzählt. Er sei eine Autorität gewesen, ein ordentlicher, etwas altmodischer Mann, der mit seiner Frau ein einfaches Leben führte. Sie hatten keine Freunde gehabt. Nur einmal im Jahr zum Weihnachtsgottesdienst hatten sie sich im Dorf blicken lassen. Sie waren stets gemeinsam dort erschienen und hatten auch am anschließenden Kaffeetrinken teilgenommen und höflich Konversation gemacht. Es hieß, Marta könne gut Klavier spielen. Sie hatten einen großen, schwarz glänzenden Flügel in ihrem Haus, und ein Nachbar hatte sie ganz wunderbar spielen hören.

Als die Tür zum Hof geschlossen wurde, schob Erna den Brief rasch wieder in das Buch und ging in die Küche.

»Wie war Påhlsson eigentlich?«, fragte Erna, noch ehe ihre Mutter ihre Schürze an den Haken gehängt hatte.

»Warum fragst du?«

»Nur so, ich bin nur neugierig geworden. Du weißt schon, die ganzen Sachen auf der Auktion, die Bücher und die schönen Gemälde.«

»Er hat nie von sich erzählt. Ich glaube, er saß meist zu Hause und las. Er und seine Frau hatten keine Kinder, aber Påhlsson hat sich sehr für diese Gegend interessiert und auch geforscht.« Viola lachte. »Er hatte immer so eine hässliche Aktentasche dabei, egal, wo er hinging. Ich erinnere mich, dass wir uns immer gefragt haben, was da wohl drin ist. Er trug auch immer eine braune Baskenmütze, im Sommer und im Winter. Påhlsson galt als trocken und langweilig, aber ich fand ihn immer irgendwie interessant. Er war ein guter Lehrer, und seine Augen waren so klug, sahen dabei aber so traurig aus. Marta, seine Frau, starb einige Jahre vor ihm, niemand kannte sie, weil sie nie unter Leute ging.«

»Kennst du eine Maria?«, unterbrach Erna sie.

»Maria? Wie weiter?«

»Ach, egal.«

Erna entging nicht, dass ihre Mutter sie etwas fragend anschaute, aber sensibel, wie sie war, fragte sie nicht nach. Stattdessen ging Viola zu dem kleinen Tisch neben der Wohnzimmertür, auf dem ihr großes altes Röhrenradio stand. Es war schwierig, die Sender ohne Rauschen einzustellen. Manchmal hatte es den Anschein, als beeinflusse das Wetter den Empfang. Erna und Viola hörten gerne Musik, und wenn sie alleine waren, drehten sie häufig die Lautstärke auf. Viola bewegte die Knöpfe hin und her, und es pfiff und rauschte.

»Veränder mal die Position«, meinte Erna und drehte dann selbst das Radio ein paar Zentimeter Richtung Küche. Sie spürte die Wärme ihrer Mutter durch den Ärmel ihres Kleides und bekam Lust, sie zu umarmen.

»Jetzt. Stopp, Erna, so klingt es besser.«

Erna ließ das Radio los, und die Musik erfüllte die Küche.

»Hier stehen wir und schieben wie zwei Verrückte das Radio hin und her. Ein Glück, dass uns niemand sieht.« Dann wurde Erna plötzlich ernst. Sie dachte an das moderne, schöne Radio, das sie ihren Eltern geschenkt hatte. Ihre Mutter hatte sich gefreut, aber Ernst hatte es nicht einmal aus der Verpackung genommen, sondern nur verächtlich gesagt: »Oh nein, alles hat seine Grenzen. Hier wird es keine Diskothek geben, solange ich lebe.« Der Radiorekorder war in einem Schrank verschwunden, und dort stand er seither.

»Was ist, Erna?«, fragte Viola.

»Ich hole jetzt das Radio, das ich euch mal gekauft habe.«

»Aber, Erna, du solltest wirklich nicht …«

»Doch, Mutter, ich sollte, und du solltest auch so einiges.« Erna lächelte, aber es war kein entspanntes Lächeln, sondern ein etwas verkrampftes, wie man es beim Fotografen aufsetzt. Sie verschwand im begehbaren Kleiderschrank hinter dem Schlafzimmer ihrer Eltern. Viola stand die ganze Zeit hinter ihr, als wolle sie sie davon abhalten. Sie wischte ihre bereits trockenen Hände an ihrer Schürze ab und räusperte sich mehrmals.

»Hör schon auf mit diesem hochnäsigen Räuspern«, pflegte Ernst zu grummeln. Erna sagte zwar nie etwas, aber das nervöse Räuspern irritierte auch sie manchmal.

Erna kam mit dem großen Karton in den Armen in die Küche. Sie hob ein großes schwarzes Radio mit zwei abnehmbaren Lautsprechern heraus.

Ihre Mutter sagte nichts, sondern folgte ihr nervös. Nach einer Weile brach sie das Schweigen: »Was willst du mit dem anderen machen?« Sie räusperte sich erneut und versuchte gleichzeitig eine Strähne hochzuschieben, die ihr in die Stirn gerutscht war.

Erna konnte ein Lachen kaum unterdrücken.

»Aber, Mutter, du siehst ja aus, als müsstest du auf deine eigene Beerdigung. Hier, halt mal kurz das Kabel.«

»Du bist verrückt, Erna. Ich wünschte mir, ich wäre wie du.«

Diese Worte erfüllten jeden Winkel von Ernas Wesen. Ich wünschte mir, ich wäre wie du, ging es ihr durch den Kopf. Dass jemand so sein wollte wie sie! Diese Worte gaben ihr Kraft. Sie stellte das alte Radio unter den Tisch und das neue an seinen Platz. Dann schob sie den Stecker in die Steckdose, drückte einen Knopf, und schon ertönte laute Musik. Viola eilte auf den Tisch zu und wollte die Lautstärke herunterdrehen, drehte aber versehentlich noch weiter auf, sodass das Küchenfenster schepperte.

»Ich wusste doch, dass dir das gefallen würde«, sagte Erna lächelnd.

»Mach leiser!«, schrie Viola und deutete durchs Fenster nach draußen.

Dort fuhr Ernst gerade auf den Hof, und Viola wurde noch fahriger. Erna schob das alte Radio weiter unter den Tisch und schaltete das neue aus.

»Hilf mir beim Kartoffelschälen, Erna. Ich wusste nicht, dass es schon so spät ist.«

Die Unruhe breitete sich wie ein dichter Nebel in der Küche aus. Erna griff zu dem Plastikeimer mit den Kartoffeln und begann zu schälen, während Viola den Ofen einschaltete und den Tisch deckte. Eigentlich konnte Erna wirklich wunderbar Kartoffeln schälen, sie löste die Schale spiralenförmig und in einem Stück ab. Doch jetzt säbelte sie die Schale in kleinen Stücken ab, die sich auf der ganzen Spüle verteilten.

Sie bereute bereits, sich ihrem Vater widersetzt zu haben, denn sie wusste, dass es eine Szene geben würde.

Unruhig hörte sie, wie er in der Diele seine Holzpantinen auszog.

»Ist alles glattgegangen?«, fragte Viola, nur um etwas zu sagen.

»Wieso glatt? Was hätte schon passieren sollen? Dass mir der Dünger vielleicht aus den Säcken in die Schlappen rieselt? Was du immer redest!« Er schaute auf den Küchentisch. »Besser wäre, wenn du einfach den Tisch decken und das Essen auftragen würdest, statt dich um Dinge zu kümmern, von denen du nichts verstehst«, fuhr er fort.

Am Anfang ihrer Ehe hatten Viola solche Worte sehr gekränkt, aber die Jahre hatten sie so geläutert, dass sie nichts anderes mehr erwartete. Eigentlich verletzte es sie nur noch, wenn er sie in Anwesenheit anderer erniedrigte. Wenn er im Laden oder im Auktionssaal diesen ironischen, fast gehässigen Ton verwendete, dann wollte sie nur noch nach Hause gehen, ihre wenigen Sachen zusammenpacken und ganz weit wegfahren. Da sie aber nicht gewusst hätte, wohin, kam sie über den bloßen Gedanken nie hinaus.

Erna deckte rasch fertig, und ihr Vater nahm auf der Küchenbank Platz. Sie hielt den Atem an und wartete darauf, dass er das Radio entdecken würde. Viola kam ihm zuvor. Sie fand das Warten nervenaufreibend und hielt es für das Beste, gleich zu gestehen, als wäre das ein mildernder Umstand.

»Erna hat das neue Radio installiert«, erklärte sie mit honigsüßer Stimme.

»Wie bitte?«, sagte Ernst. Dann entdeckte er das glänzende Gerät. Erna sah, wie er erblasste und die Hände zu Fäusten ballte. »Installiert! Du redest ja so, als wäre das

Mädchen Elektrikerin! Ein Radio wird nicht installiert, man steckt den Stecker in die Wand, so einfach ist das. Und genauso einfach zieht man ihn auch wieder raus.«

Er ging zum Tisch und riss den Stecker aus der Wand.

»Wie aktiv und unternehmungslustig ihr doch seid, sobald man euch den Rücken kehrt. Aber eines sage ich euch, wenn ich auch nur einen Ton aus diesem Radio höre, dann landet es auf dem Misthaufen. Nur damit ihr das wisst.«

Wenn Ernst richtig wütend wurde, klang seine Stimme etwas krächzend, ganz so wie das alte Radio, wenn der Sender nicht richtig eingestellt war.

An diesem Abend herrschte eisiges Schweigen. Erna bekam fast keinen Bissen runter und ließ ihr Essen auf dem Teller liegen, obwohl sie wusste, dass man das nicht sollte. Ihr kam es vor, als würde die Luft stillstehen. Sie wagte kaum auszuatmen, aus Angst, die Luft in Bewegung zu bringen. Am liebsten hätte sie sich von einem Vakuum umschließen lassen, um sich dann auf ihr Zimmer zu schleichen, in die Einsamkeit, die ihre beste Freundin war.

Später am Abend wollte Erna den Brief wieder hervornehmen, brachte es aber nicht über sich. Sie dachte über die Steine nach. Was hatte Maria mit den Steinen und ihrer wunderbaren Kraft gemeint, und wer war überhaupt diese Maria?

Sie setzte sich an den kleinen Tisch in ihrem Zimmer. Ein alter Frisierspiegel aus Eiche stand darauf, den sie von ihrer Großmutter geerbt hatte. Er war hübsch geschnitzt und hatte zwei Schubladen und einen verzierten Stab am oberen Rand, an den man Ketten hängen konnte. Er war wirklich praktisch, um Sachen zu verwahren, den Spiegel selbst verwendete sie jedoch nur selten, weil es sie immer so wehmütig stimmte, sich und ihren deformierten Kopf zu betrachten. Gelegentlich hatte sie vor dem Spiegel versucht, etwas aus ihrem Haar zu machen, sie hatte es toupiert und Haarspray verwendet, doch das hatte überhaupt nicht zu ihr gepasst. Sie wollte echt und natürlich wirken, und der Versuch, etwas mit den wenigen Haarbüscheln anzustellen, hatte nur lächerlich gewirkt.

An diesem Abend aber setzte sie sich vor den Spiegel und sah hinein. Ihre Augen waren dunkelgrün, ihre Wimpern lang, die Nase war klein und wohlgeformt, die Lippen waren voll und rot, ihre Haut gleichmäßig und glatt. Eigentlich waren nur ihre Kopfform und ihre Haare ungewöhnlich. Erna beschloss, sich mit ihrem Äußeren auszusöhnen. Sie musste nun einmal ihr Leben lang mit diesem Defekt auskommen. Da konnte sie auch gleich ihren Frieden damit machen.

Erna fasste einen Entschluss. Sie war erwachsen und hatte ein Anrecht auf ein eigenes Leben. Deshalb würde sie künftig zwar in ihrem Elternhaus wohnen bleiben und ihren Eltern auf dem Hof behilflich sein, aber sie würde ihre eigenen Interessen pflegen, egal, was ihr Vater sagte. Sie wusste, dass sie zu mehr fähig war, und beschloss, diese Seite auch auszuleben.

Mit einem Mal fühlte sich Erna fröhlich und ausgelassen. Sie holte das Jahrbuch von 1958 aus dem Regal, zog den Brief heraus und las ihn ein weiteres Mal. Påhlsson, du Spitzbube, dachte sie, da hat man dich für einen Ausbund an Tugend gehalten und für ein Vorbild in moralischen Fragen, und dabei hattest du eine Geliebte. »Deine Sklavin.« Wer mochte das gewesen sein? Wie hatte sie ausgesehen? Wo konnten sie sich in einem kleinen Dorf, wo sich alle kannten, begegnet sein?

Erna zog die Gardine ein wenig zur Seite. Sie schaute in Richtung Stenshuvud und sah, wie sich der leichte Abendnebel über dem Meer lichtete und sich am Horizont verlor. Natürlich war es hier schön, und irgendwo war auch der Mann aus dem Auktionssaal, er befand sich unter demselben Himmel wie sie, er atmete dieselbe Luft. Sie empfand ein wohliges Gefühl der Zusammengehörigkeit.

3. Kapitel

Börje saß auf der Veranda und las Zeitung. Neben ihm lagen seine Pfeife, der Tabakbeutel und eine Ansichtskarte von Lena. Sie hatten im vergangenen Frühjahr beschlossen, getrennte Wege zu gehen. Zwar hatten sie nie zusammengewohnt, sondern beide eine eigene Wohnung gehabt, aber sie hatten viel Zeit zusammen verbracht. Die rasche, intensive Verliebtheit war rasch abgekühlt, und in der letzten Zeit waren sie ohnehin fast nur noch Freunde gewesen. Ihr gemeinsames Interesse war die Kunst, und sie fühlten sich miteinander wohl. Als Börje erzählt hatte, er habe das Haus in Kivik gekauft, war das eine natürliche Zäsur gewesen. Lena wollte in Stockholm wohnen bleiben und konnte sich einen Umzug nicht vorstellen. Börje glaubte, die Ruhe und Inspiration, die er für seine künstlerische Arbeit benötigte, nur auf dem Land finden zu können. Sie waren im Guten auseinandergegangen und hielten sporadisch Kontakt. Die Karte hatte Lena aus Spanien geschickt. Sie besuchte dort einen Malkurs, und er freute sich darüber, dass es ihr offenbar gut ging.

Inzwischen dachte er nur noch selten an Lena. Das Bild der Frau aus dem Auktionssaal hatte sich ihm auf die Netzhaut eingebrannt, und er fragte sich, ob er ihr jemals wieder begegnen würde. Börje setzte sich auf die alte Mauer und schaute Richtung Stenshuvud. Er hatte sich vorgenommen, sich mit der Lokalgeschichte zu beschäftigen und die Sehenswürdigkeiten der Umgebung zu besuchen. Schon jetzt fühlte er sich irgendwie dazugehörig, man hatte ihn freundlich empfangen, und er war überzeugt davon, dass er hier leben und arbeiten wollte. Deswegen empfand er es fast schon als Verpflichtung, so viel wie möglich über den Ort, der ihm so viel bedeutete, in Erfahrung zu bringen.

Als die Dämmerung die Konturen verschwimmen ließ, der Abendhimmel dunkler wurde und es vollkommen still war, kehrte Börje ins Haus zurück. Er musste immer noch ein paar Pappkartons auspacken. Vergangene Woche hatte er ein altes Bücherregal abgebeizt, auf das er eine Tonvase aus eigener Produktion gestellt hatte. Am Vorabend hatte er einen Strauß Wiesenblumen gepflückt und in die Vase gefüllt. Daneben standen zwei Elfenbeinfiguren, die er bei einem Kenia-Urlaub gekauft hatte. Die Regalfächer waren jedoch noch leer.

Börje stopfte sich eine Pfeife und paffte genüsslich. Anschließend begann er seine Bücher in das Regal zu räumen. Als er damit fertig war, ging er in das Zimmer, das später einmal sein Arbeitsraum werden sollte, aber einstweilen noch als Rumpelkammer diente. Er holte die Kiste, die er auf der Auktion ersteigert hatte, und stellte die Bücher ebenfalls ins Regal. Es waren schöne Bände, außerdem interessierte er sich für Archäologie. Gerade als er eines der Bücher ins Regal stellen wollte, fielen einige Seiten heraus. Er stellte fest, dass es sich um einen Brief handelte.

Geliebter Egon,
ich habe den ganzen Abend vergeblich gewartet. Ganz alleine saß ich da und habe zugesehen, wie die Sterne

aufgingen. Warum bist Du nicht gekommen? Ich hätte so gerne mehr über die Steine erfahren. Glaubst Du nicht, dass das alles nur erfunden ist? Sie können doch nicht eine so unglaubliche Kraft haben.

Als ich den Brief für Dich in das Versteck schieben wollte, kam Måns, der Fischer, vorbei, und ich musste so tun, als würde ich nur die Steine befühlen. Er wirkte erstaunt und murmelte nur einen verlegenen Gruß. Ich wagte nicht, den Brief dort liegen zu lassen. Wir müssen ein neues Versteck finden. Vielleicht bist Du ja deswegen nicht gekommen. Weil Du meinen Brief nicht bekommen hast.

Ich brauche Dich, ich will die Reinkarnation mit Dir erleben, ich will in einer Welt wiederauferstehen, in der es nur uns beide gibt und keine Marta und keinen Gösta, nur uns. Geliebter Egon, Deine Wärme erfüllt mich immer noch.

Mir ist so, als wäre ich mit meinen Kräften am Ende, ich fühle mich leer und traurig. Heute, als ich auf der Post war, wurde mir plötzlich so schwindelig, dass ich mich hinsetzen musste. Ich habe mich in letzter Zeit so schwach gefühlt, und dann ist es so schade, dass ich Dich nicht einfach anrufen kann. Ich lese oft in den Gedichten, die ich von Dir bekommen habe, sie sind meine einzige Kraftquelle.

Komm am Mittwoch an unseren Ort, dann können wir uns ein neues Versteck überlegen.

Für immer Dein
Maria

Meine Güte, ein über vierzig Jahre alter Liebesbrief! Was das wohl für Steine sein mochten, über die sie schrieb? Mit einem Mal befand sich Börje inmitten einer Liebesgeschichte, die ihn nichts anging. Es konnte kein Zweifel daran bestehen, dass es sich um ein heimliches Stelldichein handelte. Er fragte sich, was damals passiert war, und hätte gerne mehr gewusst.

Viele Erinnerungen tauchten auf, während er die Kartons aus der Rumpelkammer auspackte. Einige davon hatten noch im Haus seiner Eltern gestanden. Nachdem er beschlossen hatte, nach Schonen zu ziehen, hatte seine Mutter gefunden, es sei an der Zeit, die letzten Kartons abzuholen.

Er schleppte einen der größten Kisten in die Küche. »Aussteuer Börje« hatte seine Mutter daraufgeschrieben. Als kleiner Junge hatte er immer verkündet, dass seine spätere Frau Louise heißen solle, genau wie seine Mutter. Sie war es, die ihn darauf hinwies, wenn die Cordhosen wieder einmal durchgescheuert waren. Börje legte keinen gesteigerten Wert auf sein Äußeres, sein Wollpullover war an den Ärmeln geflickt, und auch sein Sprachgebrauch war hin und wieder ein wenig nachlässig. An einem Heiligabend vor einigen Jahren hatte er wie immer etwas zum Anziehen von seinen Eltern bekommen. Einen Pullover mit Rauten auf der Vorderseite, auf dessen rechtem Ärmel ein kleiner Golfschläger abgebildet war.

»Hervorragende Qualität«, hatte seine Mutter gesagt. »Man kann diese Pullover unzählige Male waschen, und sie sehen immer noch wunderbar aus.« Börje musste lächeln, als er daran dachte. Mama hatte einen Vortrag über den Pullover gehalten, als hätte sie ihn selbst entworfen. Er wusste, dass es ihr höchster Wunsch war, dass er seinen alten, verschlissenen Pullover durch das teure neue Kleidungsstück ersetzte. Obwohl Börje nie Markensachen kaufte, war ihm klar, dass der Pullover sehr teuer gewesen war. Sein Vater wäre fassungslos, wenn er den Preis erführe. Einige Male hatte er das Kleidungsstück auch getragen, aber nur, um seiner Mutter eine Freude zu machen.

Börje ging zum Kleiderschrank und nahm den Pullover aus einer Plastiktüte. Auf einmal fühlte er sich niedergeschlagen. Er entsprach nicht den Erwartungen seiner Mutter, aber er führte schließlich ein ordentliches Leben, und sie hatte keine Veranlassung, sich für ihn zu schämen. Seinem Vater war die Garderobe seines Sohnes immer gleichgültig gewesen, da er selbst meist Jeans und abgewetzte Pullover trug. Vielleicht war es seiner Mutter deswegen so wichtig, dass sich ihr Sohn gepflegter kleidete.

Börje öffnete den Karton mit der Aussteuer.

»Mein Gott«, sagte er laut, als er hineinschaute. Er war mit lauter Nippes gefüllt, Geschenke von Verwandten und Freunden. Er nahm ein in Seidenpapier gewickeltes Tanzpaar aus Porzellan heraus, das er von seiner Tante und seinem Onkel bekommen und schon mit zehn sehr hässlich gefunden hatte. Einmal hatte er es absichtlich fallen lassen, aber es hatte ohne den kleinsten Sprung auf den Dielen gelegen. Eine Woche später hatte er versehentlich ein Glas fallen lassen, das in tausend Scherben zerbrochen war. Börje erinnerte sich noch daran, wie traurig er gewesen war. Das Glas hatte er von seinen Eltern bekommen, als sie in Frankreich an einer Weinprobe teilgenommen hatten. Er hatte es immer sehr schön gefunden, und er fand es so ungerecht, dass ausgerechnet dieses Glas kaputtgegangen war, während das hässliche Tanzpaar unversehrt auf seinem Platz im Regal stand.

Börje fiel es schwer, sich zu konzentrieren. Der Brief, den er in dem Buch gefunden hatte, hatte ihn neugierig und nachdenklich gemacht. Eine verbotene Liebesbeziehung. Aus der Wortwahl zu schließen ging es nicht um zwei verliebte Jugendliche, nein, das Vokabular zeugte von Reife und Intellekt.

Plötzlich war er neidisch. Es war so lange her, dass er verliebt gewesen war, und er fühlte sich einsam und verloren. Er schob seine Hand unter den Pullover, um seinen eigenen Herzschlag zu spüren, und erinnerte sich, wie er als kleiner Junge seine Hand auf das warme Fell der Nachbarskatze gelegt hatte. Die Wärme und das pochende Herz als Beweis für Leben.

Lange verharrte er reglos und spürte seinen Herzschlag. Dann legte er die Hände gegeneinander, führte sie an die Lippen und blies in den Hohlraum. Er spürte, wie sich die eingeschlossene Luft erhitzte und sein Gesicht wärmte. Es kam ihm so vor, als empfinge er dabei die Atemzüge eines anderen Menschen, der vor ihm stand.

Nach einer Weile machte ihn sein eigenes Unterfangen verlegen. Es beunruhigte ihn, dass seine Einsamkeit so offensichtlich war. Obwohl niemand durch die kleinen Fenster seines Hauses hereinschauen konnte, warf er doch einen besorgten Blick dorthin, als befürchtete er, jemand könnte ihn gesehen haben.

Manchmal, wenn er sich einsam fühlte, dachte er an Valborg. Sie war so voller Wärme und Großzügigkeit gewesen. Obwohl er seine Mutter liebte, war es ihm als Kind leichter gefallen, Valborg sein Freud und Leid anzuvertrauen. Bei ihrem Tod war er vierzehn Jahre alt gewesen. Valborg hatte nicht viele Angehörige gehabt, einen Bruder und einige Neffen und Nichten. Börje hatte schon andere Beerdigungen besucht, und bei allen war der Sarg von einem Meer aus Blumen umgeben gewesen, aber bei Valborgs Begräbnis hatte es nur einen einzigen Kranz gegeben, und den hatten seine Eltern bestellt. Börje hatte als Einziger geweint, und zwar laut und durchdringend. Obwohl er sich schämte, hatte er nicht aufhören können. Seine Mutter hatte ihm eine Nelke gereicht, die er auf den Sarg hätte legen sollen, dabei hatte er im Garten Blumen gepflückt, die er Valborg als letzten Gruß zugedacht hatte. Er wusste, dass sie Dahlien geliebt hatte, weshalb er die Nelke in der Kirchenbank liegen ließ. Als er die Dahlien auf den Sarg legte, sagte er: »Tschüs, Valborg, bis irgendwann mal.« Er hatte gewusst, dass sie es sich so gewünscht hätte.

Jetzt saß er am Küchentisch und war den Tränen nahe. Er wunderte sich über sich selbst. Natürlich war er sensibel, aber schließlich war es lange her, dass Valborg gestorben war. Aber da war auch noch etwas anderes. Eine stille Wehmut erfüllte ihn.

Bevor er zu Bett ging, las er noch einmal den Brief, den er in dem Buch gefunden hatte, und nahm sich vor, die Antwort auf zumindest einige der Fragen zu finden, die sich ihm aufdrängten.

Tschüs, Valborg, bis irgendwann mal. Du musst aber noch etwas warten, ich muss noch ein paar Sachen erledigen, weißt du, dachte er, bevor er das Licht ausschaltete.

Als Erna am folgenden Morgen nach dem Melken in die Küche trat, saß Beata Einarsson schon dort und trank

Kaffee mit Viola. Sie war gekommen, um ein Kleid anzuprobieren, das Viola für sie nähte. Erna hatte es schon am Vorabend bewundern dürfen. Es war aus dickem Seidenstoff mit Brokatmuster, am Dekolleté tief ausgeschnitten und hatte einen seitlichen Schlitz.

»Guten Morgen, Erna«, sagte Beata freundlich. »Geben die Kühe Milch, wie sie sollen?«

»Allerdings, kein Grund zur Klage.«

Erna hatte keine Lust auf weitere Konversation, sondern ging auf ihr Zimmer. Allerdings ließ sie die Tür angelehnt, um die Unterhaltung in der Küche mithören zu können. Es kam nur sehr selten jemand zu Besuch, und jedes Wort, das über Dinge außerhalb ihres Zuhauses erzählt wurde, saugte Erna begierig auf.

»Wir waren letzte Woche bei der Påhlsson-Auktion«, hörte sie ihre Mutter sagen.

»Ach ja? Gab es dort was von Wert?«

»Wir haben ja alles, was wir brauchen, aber es gab viele schöne Bücher und Gemälde.«

»Er war ein belesener Mann«, meinte Beata. »Schade, dass ihnen keine Kinder vergönnt waren. Aber sie haben gut zusammengepasst, Marta und Egon, sie waren beide so ordentlich und ernsthaft.«

»Es hieß ja eine Weile, Egon hätte eine andere«, meinte Viola.

»Ja, davon habe ich auch gehört, aber das ist nur Klatsch und Tratsch. Glaubst du wirklich, es ist was dran an der Sache, dass Påhlsson Liebesbriefe an seine Geliebte zwischen die Steine des Königsgrabes gelegt haben soll?«

Erna hielt den Atem an. Sie wussten also ... und das Königsgrab, waren das die Steine, die Maria gemeint hatte? Aber was sollten sie für seltsame Kräfte besitzen? Erna nahm sich vor, das Rätsel zu lüften.

»Erna hat die Jahrbücher des Heimatvereins ersteigert«, fuhr Viola fort.

»Das ist ein kluges Mädchen, deine Erna, das habe ich immer schon zu meinem Mann gesagt. Sie hat eine Tiefe, etwas Geheimnisvolles. Warte nur ab, eines Tages brechen die Dämme, und du ahnst nicht ...«

»Erna!« Plötzlich stand ihr Vater in der Tür. Er grüßte nicht. Vermutlich hatte er Teile der Unterhaltung mitgehört und wollte auf gar keinen Fall, dass jemand Erna irgendwelche Flausen in den Kopf setzte. »Erna, Mädchen, hörst du nicht?«

Vorsichtig kam Erna aus ihrem Zimmer.

»Was willst du?«, fragte sie in einem Ton, der ein wenig schärfer klang als sonst. Vielleicht lag das ja an den schmeichelhaften Worten, die sie gerade von Frau Einarsson gehört hatte.

»Stell mal dein altes Fahrrad weg, damit ich die Gartenmöbel aus dem Schuppen holen kann!«

Meine Güte, dachte Erna, in der Zeit, die er für den Weg über den Hof brauchte, um sie zu fragen, hätte er das Fahrrad auch selbst zur Seite stellen können. Sie zog ihre Holzschuhe an und ging mit ihrem Vater über den Hof.

»Der Parkinson bereitet ihm solche Mühe«, entschuldigte Viola ihren Mann.

»Ist mein Galakleid jetzt fertig?«, erkundigte sich Beata, um das Thema zu wechseln.

»So gut wie«, antwortete Viola stolz und hielt das Kleid hoch, das in der Morgensonne schimmerte.

»Wenn es nicht so weit nach Frankreich wäre, dann

hättest du bei Dior aushelfen können«, scherzte Beata. »Du hast nämlich wirklich Talent, Viola.«

Sie warf einen kurzen Blick nach draußen, um sich zu vergewissern, dass Ernst nicht auf dem Weg ins Haus war. Dann entkleidete sie sich und schlüpfte in das beinahe fertig genähte Gewand.

»Stell dich auf den Stuhl, dann stecke ich es hoch!«, sagte Viola.

Beata Einarsson kletterte mit Mühe auf den Stuhl und drehte sich eine Runde um sich selbst.

Viola nahm ein paar Stecknadeln aus einer Schachtel und verwendete den Ärmel ihres Kleides als Nadelkissen. Plötzlich musste sie lachen. Sie erinnerte sich nämlich an Rut Berg, die früher im Damenmodengeschäft in Simrishamn gearbeitet hatte. Als Viola einmal dort gewesen war, hatte Rut Berg gerade einer Kundin den Kleidersaum hochgesteckt. Viola war aufgefallen, dass sie sich nachlässig ein paar Nadeln direkt in den Busen gesteckt hatte, die fast bis zum kugelförmigen Kopf eingedrungen waren. Der Busen hatte Viola an einen Igel erinnert, und sie hatte ihren Blick kaum losreißen können, denn es hatte zu makaber ausgesehen. Beim nächsten Nähkränzchen hatte sie den anderen Frauen davon erzählt und erfahren, dass Rut keinen Busen hatte, sondern nur zwei Erhebungen, die nicht größer waren als Mückenstiche. Deswegen trug sie einen Büstenhalter, der mit Schaumstoff gefüllt war, und verwendete diesen als Nadelkissen.

»Was ist?« Beata sah amüsiert auf Viola herunter, die lächelnd den Saum ihres neuen Kleides hochsteckte.

»Ich habe gerade an Rut Bergs Nadelkissen denken müssen.« Da auch Beata die Geschichte kannte, lachten sie beide und merkten gar nicht, dass Ernst und Erna in die Küche gekommen waren. Ernst schüttelte nur den Kopf, aber Erna betrachtete das Kleid und meinte freundlich: »Es sieht wunderbar aus!«

»Das ist das Verdienst deiner Mutter, Erna. Übrigens solltest du mal das Tanzbein schwingen, du bist doch so schlank und gut gebaut.«

»Vielen Dank«, erwiderte Erna und tänzelte förmlich in ihr Zimmer. Ernst, der die Unterhaltung vom Wohnzimmer aus verfolgt hatte, erhob sich und knallte die Küchentür zu.

Er hatte Beata Einarsson noch nie ausstehen können. »Eine hochnäsige Person, die glaubt, dass man für Geld alles kaufen kann«, hatte er einmal zu Viola gesagt.

Die hatte protestiert. »Dann würde sie sich ihre Kleider doch nicht in so einer einfachen Hütte nähen lassen!«

»Das ist doch nur, weil sie mit ihren Tapsstoffen angeben will«, hatte Ernst zurückgegeben, und Erna, die dabei gewesen war, hätte ihn beinahe korrigiert und gesagt, dass es Taft und nicht Taps heiße, hatte jedoch das Gefühl gehabt, dass es der falsche Moment für Zurechtweisungen war.

»Jedes Jahr Tausende von Kronen zahlen, nur um in karierter Hose und mit einem lächerlichen Wägelchen auf einem Golfplatz herumzustolzieren, aber die Rechnung für die Veranda nicht zahlen.« Ernst hatte unten im Dorf gehört, dass Einarssons sich Holz für eine überdachte Veranda hatten liefern lassen, aber selbst nach mehreren Mahnungen nicht bezahlt hatten. »Und hätten sie mal die Sense mal genauso oft geschwungen wie ihre Golfschläger, dann würde ihr Garten nicht aussehen wie ein verdammter Urwald.«

Ernst fühlte sich alleine im Wohnzimmer am wohlsten. Dorthin flüchtete er sich, wenn er verärgert war oder wenn ihm das Gegackere der Weiber auf die Nerven ging. Das Zimmer war schlicht möbliert – mit einer blumengemusterten Couchgarnitur und einem niedrigen Couchtisch aus Teakholz, der hässliche Spuren von nassen Gläsern aufwies. Es gab nur einen Sessel im Raum, und der gehörte Ernst. Er hatte ihn vor einigen Jahren auf einem Flohmarkt gekauft. Der Sessel war sehr bequem, außerdem gab es dazu einen kleinen Schemel, auf dem man die Füße ablegen konnte. Die beigefarbene Tapete war mit kleinen Blumensträußen dekoriert. An der einen Wand hing ein gerahmtes Foto von Violas Eltern. Es war vergilbt, aber das fiel niemandem mehr auf. Viola hatte zwei hübsche Gobelins genäht, die neben dem Foto hingen und einen Fischer und eine Zigeunerin zeigten. Im Übrigen waren die Wände leer – abgesehen von einem alten Öldruck, der einmal Ernsts Eltern gehört und früher über Ernsts Kinderbett gehangen hatte. Es war eine Darstellung von Jesus, und darunter stand etwas auf Latein, was niemand verstand.

»Sieh nur gut hin!«, hatte sein Vater oft gebrüllt. »Jesus schaut dich an, du Früchtchen. Er sieht ganz genau, was du getan hast.« Dann hatte er wie von Sinnen mit einem Stock auf ihn eingeprügelt. Heulen hatte nicht geholfen, Ernst hatte gewusst, dass die Schläge weiterhageln würden, bis sein Vater sich wieder beruhigt hatte. Wenn Jesus alles sah, warum hatte er ihm dann nicht beigestanden, als ihn sein Vater so oft grundlos beschuldigte? Vielleicht hatte Ernst deswegen nie an Gott geglaubt und als Erwachsener kein Abendgebet mehr gesprochen.

Nein, halt, ein einziges Mal hatte er gebetet, und zwar nachdem er Viola geschlagen hatte. Er hatte zu viel getrunken und die Beherrschung verloren, und hinterher hatte er sich gewünscht, um Verzeihung bitten zu können, aber das entscheidende Wort war nie über seine Lippen gekommen. An dem Abend, an dem er Viola geschlagen hatte, war er früh schlafen gegangen. Er hatte ihr nicht in die Augen schauen können. Im Bett hatte er die Hände gefaltet und zu Gott gebetet, dass ihm so etwas nie wieder passieren und dass Viola es möglichst vergessen möge. Am Tag darauf hatte Viola wie immer gewirkt, und er war sich sicher gewesen, dass Gott sein Gebet erhört hatte.

Die Sonne schien durch Ernas Fenster, und das hübsche Kästchen auf ihrem Nachttisch funkelte. In dem Kästchen lag der erste Zahn, den sie eine Woche vor ihrer Einschulung verloren hatte. Sie bewahrte ihn zur Erinnerung auf, obwohl sie mit Grauen an den Spätsommertag zurückdachte, an dem es passiert war. Ihre Cousins und Cousinen waren an diesem Wochenende zu Besuch gewesen, und Klas, der nur ein paar Wochen jünger war sie, hatte kurz zuvor einen Schneidezahn verloren. Das hatte Erna sehr beeindruckt, und sie hatte das ganze Wochenende an ihrem einen Schneidezahn gerüttelt, damit er sich löste.

Kurz bevor die Cousins und Cousinen fahren sollten, hatte sie stolz erklärt: »Oh, ich glaube, ich verliere auch einen Zahn.«

»Glaub ich dir nicht«, hatte Klas erwidert und war auf Erna zugetreten, um an ihrem Zahn zu wackeln.

»Aua, das tut weh«, hatte sie geschrien.

Klas hatte grinsend auf sie gedeutet und behauptet:

»Du lügst, der ist gar nicht lose. Du bist doch nur auf meine Zahnlücke neidisch.«

Dann hatte er durch seine Zahnlücke gespuckt, und zwar direkt auf Ernas Schuh.

»Mama, guck mal, Klas hat meinen Schuh vollgespuckt!«, hatte sie gerufen. »Igitt, wie eklig!«

Klas' Vater hatte seinem Sohn die Ohren lang gezogen und ihn zum Auto geschleift. »Zeit, nach Hause zu fahren. Die Kinder scheinen müde zu werden.«

Klas hatte Erna die Zunge herausgestreckt, während sie vom Hof fuhren.

»Verzogene und vorlaute Bälger, das habe ich ja immer gesagt«, hatte Ernst gemurrt.

Als sie nichts antworteten, war er noch unleidlicher geworden und hatte seine Frau finster angesehen.

»Man weiß ja, wo das herkommt, die sind ja alle so in deiner Familie. Hast du gesehen, wie viel Sture gegessen hat? Er hat das Essen in sich reingeschaufelt, als gäbe es kein Morgen.«

»Ist doch schön, dass es ihm geschmeckt hat«, hatte Ernas Mutter mit ihrer gewöhnlichen Gelassenheit erwidert.

»Aber die Kinder haben nur darin herumgestochert, die kennen wohl kein richtiges Essen. Wahrscheinlich leben die von Fleischwurst und Kartoffelbrei. Das ist vermutlich das Einzige, was diese unbeholfene Person kochen kann. Und zur Ordnung gerufen hat sie sie auch nicht.«

»Ingeborg ist ziemlich patent …«

Mehr hörte Erna nicht, denn sie versuchte einen Schmetterling zu fangen, der über den Hof flog, und verfolgte ihn bis zur Fliederhecke hinten am Misthaufen.

Plötzlich erinnerte sie sich wieder an ihren Zahn. Er schmerzte. Sie bekam Angst und rannte ins Haus.

»Die sollen bloß nicht glauben, dass mich das beeindruckt«, hörte sie ihren Vater sagen.

»Das wollen sie doch gar nicht. Aber benehmen können sie sich. Im Unterschied zu gewissen anderen Leuten.«

»Was soll denn das schon wieder heißen?«

Erna versteckte sich hinter den Mänteln in der Diele. Als sie gegen das Schuhregal stieß, hörte sie die Stimme ihrer Mutter. »Erna, bist du das?«

»Ich traue mich nicht, ins Bett zu gehen. Stell dir vor, ich bekomme ihn in den falschen Hals und ersticke«, jammerte sie.

»Was solltest du in den falschen Hals bekommen?«

»Der Zahn ist doch locker«, erklärte sie und wackelte vorsichtig an ihm herum.

»Dann zieh ihn halt raus, damit endlich Ruhe ist«, polterte Ernst, verschwand im Wohnzimmer und schaltete den Fernseher ein.

Ihre Mutter hatte den Zahn befühlt und versichert, dass er sicher noch bis morgen halten würde, aber Erna hatte weitergeklagt. Gerade als sie einen Stuhl herangezogen und sich vor den Spiegel gestellt hatte, kam ihr Vater vorbei.

»Was für ein Aufstand für so einen winzigen Zahn, Kind. Darf ich mal sehen?« Erna hatte ihren Mund geöffnet, und ihr Vater hatte seine Finger hineingeschoben und den Zahn resolut herausgezogen. Sie hatte wie ein angestochenes Schwein geschrien.

Ihre Mutter versuchte sie mit den Worten zu beruhigen, sie solle den Zahn in ein Glas Wasser legen, dann werde nachts die Zahnfee kommen und statt des Zahns eine Münze ins Glas legen. Als es im Haus still geworden war, hatte sich Erna in die Küche geschlichen und den Zahn aus dem Glas genommen. Sie wollte ihn als Andenken behalten, das Geld war ihr gleichgültig. Seither lag der Zahn in dem Kästchen. Sie hatte ihn auf rosa Watte gebettet. Ein würdiges Begräbnis, fand sie.

Zum ersten Mal seit Langem begann Erna über die Zukunft nachzudenken. Früher hatte sie sich nur mit dem beschäftigt, was gewesen war. Erna legte sich aufs Bett und strahlte mit der Sonne um die Wette.

Plötzlich verkrampfte sich ihr Unterleib. Aha, dachte sie, jetzt ist es also wieder an der Zeit für »das da unten«. Sie musste kichern. Ihrer Mutter fiel es schwer, über gewisse Dinge zu sprechen. Zum ersten Mal war das Erna aufgefallen, als ihre Mutter mit ihr über ihre erste Menstruation sprechen wollte. »Da unten kommt dann Blut«, hatte Viola gesagt. Erna hatte überhaupt nichts begriffen und auf ihre Füße gestarrt, um zu sehen, ob sie sich irgendwo gestoßen hatte. Einen Monat später hatte Viola eine Blasenentzündung gehabt und erklärt: »Ich muss zum Arzt, ich habe Probleme da unten.« Erna fand das vollkommen absurd. Einmal hatte Erna ihre Mutter verspottet, indem sie gesagt hatte: »Mir tut es da oben weh.« Viola hatte sie fragend angesehen, und Erna hatte sich beeilt zu ergänzen: »Ich habe Kopfschmerzen.« Viola war etwas verschnupft gewesen, daran konnte sich Erna noch erinnern.

Ihrem Vater hingegen fiel es gar nicht schwer, Dinge bei ihrem richtigen Namen zu nennen. Er verwendete sogar richtig hässliche Ausdrücke, die Erna abscheulich fand.

Ihre Eltern waren wirklich sehr unterschiedlich. Sie repräsentierten zwei Extreme, und ich stehe genau dazwischen, dachte sie und zog die Decke bis ans Kinn.

4. Kapitel

Börje Ek parkte vor der kleinen Bücherei in Kivik. Eine Weile ging er durch die Regalreihen und betrachtete ohne sonderliche Begeisterung die vielen Bücher. Er war in den letzten Tagen so unkonzentriert gewesen. Nichts hatte ihm gelingen wollen. Er hatte das Abschleifen der Verandatür in Angriff genommen, die halb fertige Arbeit dann aber liegen gelassen und ein neues Projekt begonnen, was gar nicht seine Art war. Eigentlich brachte er immer alles zu Ende, was er angefangen hatte.

Der Liebesbrief, den er in dem Buch gefunden hatte, lag noch immer auf dem Küchentisch. Er hatte ihn einige Male gelesen, und die wenigen einfachen Zeilen faszinierten ihn und weckten seine Neugier.

An diesem Donnerstagmorgen hatte er beschlossen, zum Fischgeschäft am Hafen zu fahren und etwas Gutes zum Abendessen zu kaufen. Er hätte auch laufen können, aber da er in Simrishamn noch Wein besorgen wollte, hatte er das Auto genommen. Auf dem Weg zum Hafen hatte er, einem plötzlichen Impuls folgend, vor der Bücherei gehalten. Er war schon einige Male dort gewesen. Das große Angebot an Büchern beeindruckte ihn. Es zog ihn in den Raum mit den Nachschlagewerken. Dort saß ein älterer Mann und las die Zeitung. Er schaute auf und nickte Börje freundlich zu. Das war genau das, was er an Kivik zu schätzen wusste. Hier grüßte man einander und wechselte ein paar Worte, ganz anders als in Stockholm.

Börje trat ans Regal und griff zum Konversationslexikon. Er schlug den Band mit dem Stichwort Kivik auf. Erst las er ein paar Zeilen über den Ort, doch dann fiel ihm das nächste Stichwort ins Auge:

> *Kiviker Grab oder Königsgrab von Kivik,* ein 3300 Jahre alter Begräbnisplatz aus der Bronzezeit. Seit der Restaurierung besitzt er einen Durchmesser von 75 m und eine Höhe von 3,5 m. Vermutlich handelt es sich um eines der größten Gräber Skandinaviens aus der älteren Bronzezeit (ca. 1700–1100 v. Chr.). In dem Grabhügel befindet sich eine 3,25 m lange und etwa einen Meter breite Grabkammer.

Börje hatte sich das Königsgrab eine Woche zuvor angesehen. Der große Steinhügel hatte ihn beeindruckt. Plötzlich dachte er an den Brief. Maria hatte etwas von Steinen und ihrer besonderen Kraft geschrieben. Vielleicht hatte sie ja das Königsgrab gemeint? Als er das Lexikon wieder zuschlug, lächelte ihn der Mann mit der Zeitung an.

»Sie sind nicht von hier, oder?«, fragte er.

»Ich komme aus Stockholm, bin aber vor Kurzem hierhergezogen, um zu bleiben«, erwiderte Börje.

»Ja, wer einmal hier wohnt, der bleibt.«

»Ich habe mir letzte Woche das Königsgrab angesehen. Ganz schön imposant. Es gibt sicher viele Sagen dazu.«

»Allerdings. Aber man sollte auch nicht alles glauben.«

Börje merkte, dass der Mann einiges wusste, wollte

aber auch nicht aufdringlich wirken. Als der andere sich erhob, befürchtete Börje, er könnte gehen, ohne dass er irgendetwas erfahren hatte.

»Und wovon handeln diese Sagen?«, fragte Börje so eifrig, dass es ihn fast verlegen machte. Der Mann nahm wieder Platz.

»Es heißt, das Grab besitze drei magische Kräfte«, erklärte er. »Wenn man auf der Westseite des Grabes steht und der Wind dreht, dann wird man, wie man ist.«

»Was soll das denn bedeuten?«

»Macht man eine hässliche Grimasse, wird man hässlich. Beugt man sich vor, wird man bucklig, hat man wenig Geld in der Tasche, dann bleibt man arm. Ein Mädchen aus dem Dorf hat sich seinen Zeh an einem der Steine gestoßen und zu weinen angefangen. Gerade da drehte der Wind, und es blieb sein ganzes Leben lang eine Heulsuse.«

»Und die anderen Kräfte?«, wollte Börje wissen.

»Wissen«, sagte der Mann. »Steht man am Eingang der Grabkammer und liest etwas, dann vergisst man es nie mehr. Als Nilssons Sohn Pfarrer werden wollte, setzte er sich mit seinen Büchern zum Lernen an den Eingang der Grabkammer, aber Pfarrer ist er nicht geworden. So ein komischer Quacksalber ist aus ihm geworden, und er lebt in Småland mit einem Mann zusammen. Es heißt sogar, er sei vom anderen Ufer. An diese Kräfte sollte man also nicht glauben.«

»Und die dritte Sage?«, fuhr Börje fort, als würde sie ihm die Lösung des Rätsels bringen.

»Meine Güte, ist es schon zehn«, sagte der Mann, erhob sich rasch und verschwand nach draußen.

Börje war enttäuscht. Er stellte den Lexikonband wieder ins Regal, lächelte der Bibliothekarin zu und ging zu seinem Auto. Dann fuhr er zum Hafen und betrat das Fischgeschäft.

Im Laden war er sich auf einmal unsicher, was er eigentlich kaufen sollte. Er ging zu dem kleinen Tisch, an dem man verschiedene Sorten eingelegten Hering kosten konnte. Er probierte eine Sorte, die er bereits kannte, war jedoch so unentschlossen wie nie zuvor. Da Börje ein geduldiger Mensch war, blieb er ein wenig abseits stehen, um auf eine Eingebung zu warten. Eine stämmige Dame bahnte sich einen Weg zum Probiertisch und kostete von allem. Sie schien kein besonderes Geschmackserlebnis abzuwarten, sondern aß alles wild durcheinander, als wollte sie nur ihren Hunger stillen. Als ihr die Senfsoße aus dem Mundwinkel lief, verließ Börje den Laden und trat in die Frühlingssonne. Ihm war der Appetit vergangen.

In Simrishamn parkte er vor dem Systembolaget, um Wein zu kaufen. Es faszinierte ihn, dass man in der Provinz immer einen Parkplatz fand. In Stockholm war das anders. Dort musste man sein Auto im Parkhaus abstellen und dann noch einen langen Fußweg in Kauf nehmen. Er betrat das Systembolaget, zog eine Nummer und nahm entspannt Platz. Dabei erinnerte er sich, wie er mal mit Lena in Vipiteno gewesen war. Sie hatten mit den anderen Touristen an der Theke eines kleinen Spirituosenladens angestanden. Alle hatten probieren dürfen, und fast alle hatten eine Flasche Amaretto gekauft, obwohl es niemandem geschmeckt hatte. Ist es nur billig genug, braucht es nicht gut zu sein. Der Rausch ist derselbe. Dass wir darauf reingefallen sind, dachte Börje und lächelte.

Ein Räuspern vom Nachbarstuhl holte ihn in die Gegenwart zurück. Börje sah den Mann an, der mit seinen stechenden Augen unsympathisch wirkte. Er versuchte sich zu erinnern. Ich habe diesen Mann schon einmal gesehen, dachte er, als er an die Reihe kam.

»Eine Flasche Absolut Wodka und drei Flaschen Rotwein, Barbaresco«, bestellte er.

Die Verkäuferin war freundlich und schnell. Schon bald kehrte Börje zu seinem Auto zurück, konnte aber den Mann, der sich geräuspert hatte, nicht vergessen.

Als Börje beim Fremdenverkehrsamt abbiegen wollte, erinnerte er sich plötzlich. Die Frau mit der Bücherkiste, ihr tiefgründiger Blick und der ältere Mann ... Auf einmal wurde ihm klar, dass der unsympathische, sich räuspernde Mann jener Vater war, der sie auf ungehobelte Weise aus dem Auktionssaal geführt hatte. Ein Feigling, ein bitterer, vergrämter alter Mann. Der Teufel sollte ihn holen. Wieder sah er die Augen der Frau vor sich: traurig, intelligent und forschend. Börje parkte unten bei der Marina, lehnte sich zurück und verspürte eine Anspannung wie vor der letzten Prüfung an der Kunsthochschule.

Er merkte, dass er frische Luft brauchte, setzte sich auf eine der Bänke und schaute auf die vertäuten Motor- und Segelboote. Dort herrschte, da die Segelsaison bald beginnen würde, reges Treiben. Börje mochte das Meer. Er hatte mehrfach erwogen, sich ein kleines Motorboot zu kaufen, um an Sommerabenden aufs Meer hinauszufahren, das Plätschern der Wellen zu genießen und vielleicht einen Fisch fürs Abendessen zu fangen. Er hatte jedoch nur wenig Erfahrung mit Booten. Einige Male war er mit einem

Freund segeln gewesen, hatte aber meist das Gefühl gehabt, im Weg zu sein.

»Hol den Bootshaken«, hatte sein Freund gerufen, als sie beim Anlegen fast ein anderes Boot gerammt hätten. Peinlicherweise hatte er nicht gewusst, was ein Bootshaken war.

Die Segler verwendeten so viele Worte, die man als Nichteingeweihter nicht verstand. Einmal an Mittsommer war er mit seinem Freund Rune in die Stockholmer Schären gesegelt. Es waren viele Boote unterwegs gewesen. Der Wind war stark gewesen, und die Strömung hatte ihnen zu schaffen gemacht.

»Spring an Land!«, hatte ihm Rune zugerufen. Er hatte nicht begriffen, warum, weil sie noch ein gutes Stück vom Steg entfernt gewesen waren. Ihm war nicht ganz wohl dabei gewesen, aber dann war er doch gesprungen. Auf dem Anlegesteg hatte er sich dann interessiert die anderen Boote angesehen. Auf den meisten hatte das Mittsommerfest bereits begonnen. Alle hatten im Cockpit gesessen und Hering und Kartoffeln gegessen.

»Börje! Verdammt!«, hatte Rune gebrüllt. »Du hättest die Leine mitnehmen sollen! Du spinnst ja, ohne Festmacher an Land zu springen. Hier, fang auf.«

Börje hatte das Seil in Empfang genommen, hilflos auf dem Steg herumgestanden und war sich vollkommen inkompetent vorgekommen.

»Zieh es durch den Ring auf dem Steg und hol bei.«

Wieso beiholen?, dachte Börje und hatte Angst, ein weiteres Mal zu versagen.

Es war insgesamt ein nettes Wochenende gewesen, aber er hatte sich einiges gefallen lassen müssen.

»Wie konntest du nur ohne Leine an Land springen?«, hatte Rune gefragt, nachdem sie ein paar Schnäpse zum Hering getrunken hatten.

»Du hattest aber nichts von einer Leine gesagt.«

»Sieh einer an, du wolltest also einfach an Land springen und Mittsommer feiern, während ich mich mit dem Anlegen abmühe?« Dann hatte er höhnisch gelacht, und dieses Lachen hatte Börje das ganze Wochenende in den Ohren widergehallt. Ja, sensibel war er durchaus.

Den Rest des Wochenendes hatte er versucht, sich die Seglerausdrücke einzuprägen, die Rune verwendete. Einige hatte er schließlich auch zu beherrschen geglaubt. Beim Ablegen hatte sich Börje aufs Vordeck gestellt und Rune zugerufen:

»Soll ich den Fähnrich einholen?«

»Was hast du gesagt?«, schrie Rune, da der Motor beim Auslaufen aus dem Hafen so lärmte.

»Soll ich den Fähnrich einholen?«, hatte Börje wiederholt und war stolz darauf gewesen, einen der frisch erlernten Seglerausdrücke zu verwenden.

Rune hatte ihm einen Vogel gezeigt und den Kopf geschüttelt. Börje hatte begriffen, dass er wieder alles falsch gemacht hatte. Allerdings hatte Rune auf dem Heimweg kein Wort darüber verloren, und Börje hatte es auch nicht zur Sprache bringen wollen. Viel später war ihm dann aufgegangen, dass es Fender hieß und nicht Fähnrich. Seither war er nicht mehr auf dem Wasser gewesen, aber wenn er zuschaute, wie die Leute ihre Urlaubstörns vorbereiteten, empfand er doch eine gewisse Sehnsucht.

5. Kapitel

Erna saß in ihrem Zimmer. Sie fühlte sich frei, wenn ihr Vater nicht zu Hause war. Keine Fragen, kein Sarkasmus. Plötzlich wurde sie kreativ, wollte etwas erschaffen, fragen, diskutieren. Ihre Mutter Viola zeigte zwar Verständnis, wagte aber nicht, in Gegenwart ihres Ehemannes sie selbst zu sein. Manchmal fiel Erna auf, wie intelligent ihre Mutter doch war. Sie war belesen und wusste viel, wagte es aber nicht, auf ihrer Meinung zu beharren. Erna wurde wehmütig, wenn sie daran dachte. Sie hatten sicher viele gemeinsame Interessen, über die sie hätten sprechen können, aber diese blieben wie nie keimende Samen in ihrem Inneren verschüttet. Die Blicke, die sie sich zuwarfen, waren jedoch vielsagend und verständnisvoll, und es betrübte Erna oft, dass sie nie die Gelegenheit erhielt, sich mit ihrer Mutter über ihre Gedanken auszutauschen.

Gerade als Erna in die Küche kam, um dort in aller Ruhe mit ihrer Mutter zu sitzen, bog der alte Volvo auf den Hof ein. Erna sah, dass ihre Mutter ein Buch las. Sie schob es rasch in ihren Nähkorb in der Ecke der Küche. In diesem Augenblick nahm sich Erna vor, nie wie ihre Mutter zu werden. Sie würde ein eigenes Leben führen, sie würde sich entfalten und ihre Meinung sagen, aber als ihr Vater über die Schwelle trat, wurde ihr klar, dass das nicht leicht werden würde.

»Hier sitzen die beiden Dämchen also zufrieden herum,

während uns das Unkraut über die Köpfe wächst. Ihr glaubt natürlich, dass man ein Leben lang die Hände in den Schoß legen kann.« Ernst stellt die Tüte aus dem Systembolaget auf die Küchenbank, und Viola und Erna begannen ziellos herumzuräumen.

»Gibt es vielleicht mal einen Kaffee?«, fuhr er fort, während er sich die Schuhe auszog und sich ein unangenehmer Geruch in der Küche ausbreitete.

»Aber sicher«, sagte Viola geduldig und füllte die Kaffeemaschine.

Erna empfand Schweigen immer als bedrückend, aber an diesem Tag erkannte sie, dass es nicht ihre Aufgabe war, die Stimmung aufzulockern. Sie wusste auch, dass der Einkauf des Vaters im Systembolaget ihn noch unleidlicher machen würde. Wenn er getrunken hatte, kaute er immer alle alten Geschichten durch. Das Erbe seiner Schwiegereltern, die Kiste mit den Stiften, die Viola auf der Auktion gekauft hatte. Aber Erna war nach Aufbegehren zumute, und sie genoss dieses Gefühl. Während der Vater in der Stadt gewesen war, hatte sich Erna vorgenommen, abends, wenn die Eltern eingeschlafen waren, zum Königsgrab zu radeln. Eigentlich wusste sie nicht, was sie dort sollte, aber sie hatte das Gefühl, mehr in Erfahrung bringen zu müssen. Und sie wollte die Dunkelheit genießen, allein unter den Sternen. Vermutlich hatte Rektor Påhlsson die verbotenen Liebesnächte mit seiner Geliebten dort verbracht.

»Was gibt's da zu grinsen, Mädchen?«

Erna fühlte sich ertappt, war aber nicht beschämt wie sonst, sondern lächelte einfach weiter. »Ich musste an etwas Lustiges denken.«

»Ach, was du nicht sagst. Die ganze Zeit blätterst du in

deinen verdammten Büchern und grübelst herum. Dabei hast du eine ganz normale Erziehung genossen.«

»Es hätte nicht geschadet, wenn du gelegentlich auch mal ein Buch aufgeschlagen hättest«, wagte Erna zu sagen.

Ihr Vater wurde wütend, aber Ernas gewagte Äußerung hatte ihn derart überrumpelt, dass ihm keine Erwiderung einfiel. Er klapperte nur etwas lauter mit seiner Kaffeetasse und warf Erna einen wütenden, durchdringenden Blick zu.

»Erna, halt mal einen Augenblick«, sagte Viola, um die unangenehme Stimmung zu vertreiben. Sie hielt Erna ein Laken hin, das in der Sonne auf der Wäscheleine getrocknet war. Als kleines Mädchen hatte Erna sich manchmal zwischen die Laken gestellt und den frischen Duft eingeatmet. Als sie den Duft jetzt wieder einatmete, kehrten ihre Kindheitserinnerungen zurück.

»Halt schon fest!«, sagte Viola.

Erna hielt wie immer das Laken, während ihre Mutter es zusammenlegte. Früher hatten sie die Laken vor dem Mangeln glatt gezogen, aber mittlerweile legten sie sie nur noch zu ordentlichen Rollen zusammen. Viola zog ein wenig, um das Laken zu glätten, woraufhin es Erna aus den Händen rutschte. Sie mussten beide kichern, Viola erst vorsichtig, doch dann ging Ernas leises Gegiggel rasch in ein erlösendes Gelächter über. Ernst schnaubte verächtlich, nahm seine Tasse, ging ins Wohnzimmer und knallte die Tür hinter sich zu. Nun entspannte sich auch Viola, und sie lachten herzlich. Rasch umarmte Viola ihre Tochter.

»Es ist wirklich ein Glück, dass ich dich habe, Erna«, sagte sie liebevoll.

Sie hob das Laken vom Boden auf und hängte es Erna erst über die Schultern, dann legte sie es ihr wie einen

Schleier auf den Kopf. »Du wärst wirklich eine schöne Braut«, sagte sie und drapierte das Laken um ihre Tochter herum.

Erna strich über das Laken, als wäre es aus Seide, und reichte das eine Ende ihrer Mutter. Mit großem Ernst legten sie dann die übrigen Laken zusammen.

Die Küche wirkte in der grellen Frühlingssonne etwas abgenutzt. Der Linoleumfußboden war so abgetreten, dass das Muster an einigen Stellen nicht mehr zu erkennen war. Die Küchenschränke waren blau lackiert und hatten runde Metallknäufe. Die Lampe an der Decke stammte aus der Zeit, als der Hof Ernsts Eltern gehört hatte. Es war eine Glaskugel an einem langen Metallstab, die ein grelles und ungemütliches Licht gab. Viola hatte schon oft bei Auktionen hübsche Lampen gesehen, die gut gepasst hätten, aber Ernst war immer gegen einen Kauf gewesen.

»Ihr denkt immer nur ans Modernisieren. Was glaubt ihr, was meine Eltern gesagt hätten? Es ist fast so, als sei euch das alles nicht mehr fein genug.«

Obwohl Viola eingewandt hatte, die Lampe sei schon über sechzig Jahre alt, hatte Ernst das für eine unnötige Ausgabe gehalten, solange die alte Lampe noch funktionierte.

Erna half ihrer Mutter, die zusammengefalteten Laken in den Wäscheschrank zu legen. Dort bewahrte sie auch die Seife auf. Sie legte sie zwischen die Laken und Handtücher, weshalb es angenehm duftete, wenn man den Schrank öffnete. An Tagen, an denen Erna ihr Bett frisch bezogen hatte, vergrub sie ihre Nase im Kopfkissen und atmete den Duft von Tannennadeln und Rosen ein. Viola hatte erzählt, dass man die Seife in ihrer Kindheit nicht in kleinen Packungen gekauft hatte, sondern dass der Krämer die einzelnen Seifen aus größeren Kartons geholt hatte. Einmal habe sie einen dieser hübschen Seifenkartons bekommen, als sie zusammen mit ihrer Mutter eingekauft hatte. Die Außenseite war dunkelblau, die Innenseite hellblau gewesen, und die Kante war mit Krepppapier verziert gewesen. Erna war überglücklich gewesen, als ihr ihre Mutter diesen Karton geschenkt hatte, und sie hatte jahrelang ihre Glanzbilder darin aufbewahrt. Jedes Mal, wenn sie ihn geöffnet und den herrlichen Duft eingeatmet hatte, war sie glücklich gewesen. Sie hatte die schönste Glanzbilderschachtel an der ganzen Schule gehabt und war stolz darauf gewesen.

Börje stellte die Tüte aus dem Systembolaget auf den Tisch. Auf dem Heimweg hatte er beschlossen, die Rumpelkammer auszuräumen und als Atelier und Ausstellungsraum einzurichten. Er wollte sich hier etablieren, sich einen Namen machen und seine Werke hoffentlich auch verkaufen. Er hatte schon länger kein Einkommen mehr, und das Erbe von seinen Großeltern mütterlicherseits ging allmählich zur Neige.

In letzter Zeit hatte ihm die Selbstdisziplin gefehlt. Er hatte die Tage verstreichen lassen, ein paar Türen gestrichen, hatte gelesen und versucht, den Garten in Ordnung zu bringen. Doch nur halbherzig und unsystematisch, ohne dass etwas fertig geworden wäre.

Erst kürzlich war er vierzig geworden, hatte aber etwas Jungenhaftes. Er war schmal und muskulös, und sein braunes dichtes Haar sah so aus, als wäre er gerade erst aufgestanden. Aber er wusste, dass es keinen Sinn hatte, das widerspenstige Haar mit Wasser zu kämmen. »Du hast so schöne Wirbel«, hatte seine Mutter immer geseufzt, wenn sie versucht hatte, sein Haar vor einer Abendeinladung der Familie in Ordnung zu bringen. Börje lachte leise. Plötzlich fehlten ihm seine Eltern. Seine Mutter, korrekt und kommunikativ, sein Vater, der Träumer, vergesslich und umständlich, mit warmherzigen braunen Augen und einem großen Vollbart, in dem sich Börje manchmal versteckt hatte, als er klein war. Er hatte immer noch den Zigarrenduft in der Nase.

Seine Eltern wollten ihn im Spätsommer besuchen, und er konnte sich schon jetzt vorstellen, wie entsetzlich sie sein Haus finden würden. Die Rumpelkammer, die Diele, in der es zog, die Kochplatte und den ungepflegten Garten. Es waren zwar noch einige Monate bis dahin, aber er würde es trotzdem nicht so hinbekommen, dass es seiner Mutter gefiel. Doch das Schlimmste wollte er beseitigt haben, das hatte er sich vorgenommen.

Er öffnete eine Flasche Wein und verfluchte die Frau im Fischgeschäft, derentwegen er nichts gekauft hatte. Hering in Knoblauchsauce oder Senfsauce hätte ihm jetzt geschmeckt. Er goss Wein in das etwas schiefe Weinglas, das er von einem Mitstudenten an der Kunsthochschule bekommen hatte. Dann trank er ein paar Schlucke. Das Weintrinken hatte er zu Hause gelernt. Die meisten seiner Kommilitonen hatten sich mit Vino Tinto betrunken, aber er war anspruchsvoller, legte auf das volle Bouquet Wert, wie seine Eltern zu sagen pflegten. Sie ließen den Wein im Glas kreisen, schnupperten, seufzten genüsslich und nahmen dann erst den ersten Schluck.

Börje stellte sich auf die abgetretene Schwelle seiner

Rumpelkammer, trank einen weiteren Schluck und spürte, wie sich ein behagliches Gefühl in seinem Körper ausbreitete. Vielleicht sollte ich heute Abend zum Königsgrab radeln, dachte er. Die Geschichte auf mich wirken lassen, versuchen, der dritten Sage auf den Grund zu kommen.

Plötzlich bekam er gute Laune. Seit seinem Umzug nach Kivik hatte er keinen solchen Enthusiasmus mehr empfunden. Rasch und effektiv leerte er die Kartons und räumte alles in Regale und Schränke. Er sah sein Atelier bereits vor sich. Als die Kartons schließlich leer waren, hatte er auch die Flasche Wein ausgetrunken. Er zündete sich seine Pfeife an, setzte sich auf die Veranda und sah die verschiedenen Wolkenformationen vorbeiziehen. Er gähnte, fühlte sich schläfrig und vom Wein etwas benommen, entschloss sich dann aber, trotzdem zum Königsgrab zu radeln.

Die Dunkelheit verschluckte ihn, und er genoss die Düfte der Natur, ließ sie sich gewissermaßen auf der Zunge zergehen, die immer noch etwas rau vom Wein war. Er war noch nie bei Dunkelheit durch Kivik geradelt. Die Dorfstraße war holprig, und die Fahrradklingel schepperte leise, wenn er in ein Schlagloch geriet. Die kleinen Häuser mit ihren erleuchteten Sprossenfenstern sahen pittoresk aus. Seit einigen Tagen wehte der Wind aus Osten, und es roch nach Tang und den frisch geteerten Kähnen, die zum Trocknen herumlagen. Eine alte Dame führte ihre Promenadenmischung spazieren, und wäre er mit seinem Fahrrad nicht einen weiten Bogen gefahren, hätte sich der Köter sicher in seinem Hosenbein verbissen. Börje war ein toleranter Mann, aber struppige, kläffende und mit Leberwurst gemästete Hunde verabscheute er.

Jetzt sah er das Königsgrab. Er konnte die Konturen

des imposanten Bauwerks als Silhouette vor dem Abendhimmel ausmachen. Von ferne war ein dumpfer Donner zu hören, das angekündigte Gewitter, das von Osten heranzog. Er lehnte sein Fahrrad an einen Baum und ging auf das Grab zu. All die vielen Steine waren eigens herbeigeschleppt worden, um an einen Toten zu erinnern. Seltsam, was machte einen Mann eigentlich so mächtig?

Börje betrat den Gang der Grabkammer. Die Steine türmten sich um ihn herum auf. Es schauderte ihn, und er dachte daran, was der Mann in der Bücherei gesagt hatte: Man wird, wie man ist, wenn der Wind dreht. Nicht, dass er daran geglaubt hätte, es war aber trotzdem kein schöner Gedanke. Börje fröstelte. Wenn der Wind drehte, würde er den Rest seines Lebens als frierender Waschlappen herumlaufen. Er beeilte sich, die Grabkammer wieder zu verlassen.

Es blitzte, und der darauffolgende Donner hallte in dem Gang wider. Dann begann es zu regnen, und er suchte Schutz hinter dem Grab.

Ernst hatte den ganzen Abend allein im Wohnzimmer zugebracht. Viola saß mit einer Handarbeit auf der Küchenbank, und Erna ging unruhig auf und ab. Sie wollte zum Königsgrab radeln, sobald ihre Eltern eingeschlafen waren. Eigentlich pflegten sie früh zu Bett zu gehen, aber ausgerechnet dieser Abend schien eine Ausnahme zu bilden.

»Vermutlich gibt es heute Abend noch Gewitter«, sagte Viola. »Es ist den ganzen Tag schon so drückend.«

»Wir brauchen den Regen ja auch«, meinte Erna.

Sie stellte sich ans Fenster und schaute Richtung Stenshuvud. Die Dunkelheit war kompakter als sonst um diese Uhrzeit. Es würde ganz sicher ein Gewitter geben.

»Morgen früh muss ich wohl die Kühe übernehmen.« Erna deutete in Richtung Wohnzimmer.

»Ja, kann sein«, antwortete ihre Mutter resigniert.

Ernst hatte den Schnaps und seine Kaffeetasse mit ins Wohnzimmer genommen und war dann nicht mehr zu sehen gewesen. Vermutlich hatte er die ganze Flasche geleert. Erna war klar, dass er am nächsten Morgen nicht in der Verfassung sein würde, sich um die Tiere zu kümmern.

»Was ist denn das für ein Geschwätz da draußen? Klingt ja wie auf der Jahresversammlung der Schwerhörigen. Müsst ihr immer so schreien, wenn ihr euch unterhaltet? Hört ihr überhaupt zu?«

Viola räumte rasch ihre Nähsachen zusammen, und Erna schenkte ihrer Mutter ein etwas verkrampftes Lächeln, bevor sie in ihrem Zimmer verschwand.

»Schlaf gut!«

»Du auch, Erna«, erwiderte ihre Mutter zärtlich, und Erna hatte plötzlich Lust, zurückzugehen und sie zu umarmen, doch das tat sie natürlich nicht.

In ihrem Zimmer zog sie sich nicht aus, sondern kroch angezogen, wie sie war, unter die Decke. Sie hatte Angst einzuschlafen, da sie den ganzen Tag wegen der Fahrradtour nach Kivik so angespannt und erwartungsvoll gewesen war. Sie hörte ihre Mutter unten in der Küche mit Geschirr klappern und wartete nur darauf, dass es ruhig werden würde.

Plötzlich erklangen laute Stimmen. Erst zog sie die Decke über den Kopf, um nichts hören zu müssen, aber dann lauschte sie vorsichtig.

»Ist sie ins Bett gegangen?«, hörte sie ihren Vater lallen. Er schien zu stolpern und sich irgendwo zu stoßen.

»Verdammt!«

»Pst, sie schläft.«

»Wie gut, dann haben wir ja unsere Ruhe, Süße. Ausnahmsweise. Na, Viola, ist ja schon wieder lange her.«

Erna zog sich rasch wieder ihre Decke über den Kopf. Ihr schauderte bei dem Gedanken, dass ihr Vater ihrer Mutter Avancen machte.

»Lass los, Ernst. Du bist betrunken.«

Erna hörte ihren Vater murren. Dann ertönte ein lauter Krach. »Hast du vielleicht Schonzeit? Komm schon. Au, bist du nicht ganz bei Trost? Der Teufel soll euch holen, ihr seid doch alle gleich!«

Erna verzog das Gesicht und wartete auf die Fortsetzung. Die Schlafzimmertür ihrer Eltern knallte zu. Jetzt waren die Stimmen nur noch gedämpft zu hören. Sie hielt den Atem an und wartete ab. Als die Stimmen endlich verstummten, wusste sie, dass ihre Eltern schliefen. Um ganz sicher zu sein, blieb sie noch einen Moment liegen. Sie fuhr sich über die Haare und merkte, dass sie schon recht müde war. Hastig setzte sie sich auf die Bettkante, lauschte noch einmal zum Schlafzimmer der Eltern hinüber und schlich dann in die Küche. Dort blieb sie einen Augenblick stehen, griff dann zu ihrer dünnen Sommerjacke, die an einem Nagel hinter der Tür hing, und verschwand auf den Hof. Sie drehte sich zum Haus um, um sich zu vergewissern, dass niemand sie sah. Einen nächtlichen Fahrradausflug würde sie ihrem Vater nicht erklären können.

Plötzlich erhellte ein Blitz den Himmel. Erna schwankte auf ihrem Fahrrad, strampelte dann aber tapfer weiter den steilen Hang hinauf. Sie war harte Arbeit auf dem Hof gewohnt, doch der Hügel machte ihr trotzdem zu schaffen. Ihr Herz schlug heftig. Gerade als sie am Ortsschild Kivik vorbeiradelte, donnerte es laut, und es begann heftig zu regnen. Das war ihr egal. Bald würde sie Rektor Påhlssons Liebesnest erreicht haben.

Was für eine wunderbare Kraft diese Steine wohl besaßen? Hatten die beiden wirklich ihre Liebesbriefe dort deponiert? Erna wusste, dass sie die Antwort auf diese Fragen an diesem Abend nicht erhalten würde, aber seit sie den Brief gelesen hatte und vor allem seit Beata Einarsson und ihre Mutter von dem Versteck gesprochen hatten, war Erna noch neugieriger geworden, und sie hatte so etwas wie eine Sehnsucht nach dem Königsgrab empfunden.

Sehnsucht hatte Erna ihr ganzes Leben begleitet. Die Sehnsucht, so auszusehen wie die anderen, die Sehnsucht, sich von den Fesseln ihrer Herkunft zu befreien … Manchmal fragte sie sich, wie ihr Leben wohl ohne die Sehnsucht ausgesehen hätte. In der Sehnsucht lag schließlich auch die Hoffnung auf Veränderung. Außerdem konnte man sich nicht einfach gegen die Sehnsucht entscheiden. Sie war einfach da.

Erna bog Richtung Ort ab. Sie stellte ihr Fahrrad ab und ging langsam auf das Grab zu. Die Dunkelheit war undurchdringlich, und obwohl sie die Gegend kannte, musste sie sich das letzte Stück regelrecht vortasten. Gerade als sie den Gang zur Grabkammer erreicht hatte, blitzte und donnerte es. Es war, als würde sich der Himmel öffnen. Der Regen ging wolkenbruchartig nieder, und sie kauerte sich im Gang zur Grabkammer zusammen. Ehe sie noch richtig

Atem holen konnte, blitzte es ein weiteres Mal, und es knallte so laut, dass sie nach Luft schnappte.

Der grelle Blitz lähmte Börje für einen Moment. Ihm war klar, dass er an diesem Abend nichts mehr erreichen würde. Sollte er im Schutz der Steine sitzen bleiben oder nach Hause radeln? Er war müde und lustlos. Zwar war ihm schon vorher klar gewesen, dass er keine Antworten auf seine Fragen erhalten würde, aber er war trotzdem enttäuscht und beschloss, nur noch den nächsten Blitz abzuwarten und dann nach Hause zu fahren. Er erhob sich und fuhr sich mit den Fingern durch sein nasses Haar. Dabei stieß er gegen einen Stein, der sich löste. Es polterte dumpf.

Erna zuckte zusammen. Was war das? Es hatte gar nicht wie Donner geklungen, sondern viel eher so, als wäre ein Stein herabgefallen. Wäre Rektor Påhlsson nicht tot gewesen, hätte sie geglaubt, er sei das gewesen. Sie verharrte regungslos. In der Dunkelheit sah sie eine Silhouette. Jemand rannte über den Rasen, dann verschwanden die Lichter eines Fahrrads Richtung Hafen.

Wer mochte an einem solchen Abend hierher radeln? Erna hatte einen triftigen Grund, aber die andere Person?

Die Steine und der Boden waren vom Regen ganz glatt, und gerade als sie hinausgehen wollte, rutschte sie aus und klammerte sich an der Kante eines Steins fest. Dieser löste sich und fiel ihr auf den Fuß.

»Aua, Mann! Verdammte Scheiße.« Erna zuckte zusammen, sie glaubte kaum, dass sie diese Worte ausgesprochen hatte. »Scheiße«, sagte sie noch einmal, wie um sich zu versichern, dass wirklich sie es gewesen war.

Sie schaute in das dunkle Loch, das der Stein hinterlassen hatte. Zwischen den Steinen war ein Spalt, ein Loch, das nichts dort zu suchen hatte. Erna streckte ihre Hand hinein. Als ein Blitz über den Himmel zuckte, spürte sie einen Umschlag in ihrer Hand. Sie zog ihn heraus, hielt ihn vor sich hin, konnte aber bei der Dunkelheit nichts lesen. Dann beugte sie sich vor, hob den Stein auf und schob ihn an seinen Platz zurück. Wieder schaute sie auf die Straße, auf der das Fahrrad verschwunden war. Merkwürdig.

Der Umschlag war nass und klebte an ihrer Hand fest. Sie schob ihn in ihre Jackentasche und wusste nicht so recht, ob sie verweilen sollte, bis das Gewitter vorbeigezogen war, oder ob sie sofort nach Hause radeln sollte.

Letztlich entschied sie, nach Hause zu fahren. Das Gewitter konnte noch lange anhalten, und sie hatte Angst, dass ihr Vater erwachen und merken würde, dass sie verschwunden war. Sie tastete nach ihrem Fahrrad. Es regnete nicht mehr so stark, doch bisweilen erleuchtete ein Blitz den Himmel.

Der Heimweg kam ihr länger vor als der Hinweg. Ihre Waden schmerzten in den Steigungen, und sie fror ein wenig in der dünnen Sommerjacke. Sie stellte ihr Fahrrad wieder an genau dieselbe Stelle. Ihr Vater war sehr aufmerksam, das wusste sie. Bevor sie das Haus betrat, zog sie die Jacke aus. Sie stellte die nassen Schuhe an ihren Platz und schlich sich in ihr Zimmer.

Alles war ruhig, stellte sie zufrieden fest. Den Brief hatte sie aus ihrer Jackentasche genommen und in ihre Hosentasche gesteckt. Plötzlich hörte sie ihren Vater husten. Sie löschte das Licht, doch sie wusste, dass sie den Brief nicht bis zum nächsten Tag ungeöffnet lassen konnte. Deshalb zog sie ihn aus der Hosentasche und hielt ihn in der Hand, bis sie es wagte, die Lampe wieder anzumachen. Sie zitterte leicht, als sie den nassen Brief auseinanderfaltete.

Geliebte Maria,
warum hast Du nicht gesagt, dass es Dir nicht gut geht? Vielleicht hätte ich Dir ja eine Hilfe sein können? Wann erfährst Du das Ergebnis der Untersuchungen? Ich mag gar nicht daran denken, dass es etwas Ernstes sein könnte, meine Geliebte, das darf einfach nicht sein. Die Sagen erzählen die Wahrheit: Wer sich einmal unter dem Steinhimmel geliebt hat, kann niemals mehr entzweit werden. Wir müssen uns bald wiedersehen. Ich will Dir Gullbergs Gedichte vorlesen, während Du in meinen Armen liegst. Geliebte Maria, Du darfst mich nie verlassen.

Komm am Dienstag um 21 Uhr.

Dein Egon

Erna erschauerte. Sie wusste nicht, ob es an ihren nassen Kleidern oder am Inhalt des Briefes lag. Hatte die Liebesgeschichte so geendet?

Sie hängte ihre Socken über den Heizkörper, obwohl die Heizung nicht in Betrieb war. Dann las sie den Brief ein weiteres Mal. War Maria etwa gestorben? Sie musste das herausfinden. Auf einmal empfand sie eine so große Wehmut, dass es sie fast erstickte. Mit einer hallenden Leere in ihrem Inneren schlief sie ein.

Am nächsten Morgen verfolgte ihr Vater sie mit einem unbehaglichen, stechenden Blick. Sie spürte seine Augen, egal, wo sie sich befand. Auch Viola merkte, wie die Luft vor Unruhe vibrierte, und ging allen aus dem Weg: Sie jätete die Beete und fegte die Terrasse. Das Fenster zur Küche war geöffnet, und Viola wartete geradezu auf das Donnerwetter. Da hörte sie, wie die Küchentür geöffnet und etwas nach draußen geworfen wurde. Ernas Schuhe lagen auf dem Hof.

»Vielleicht sollte man sie in die Sonne legen, damit sie heute Abend trocken sind, wenn du dich wieder herumtreibst«, hörte Viola die harte Stimme ihres Mannes und hielt in ihrer Tätigkeit inne. Sie wollte jedes Wort hören. Doch Erna blieb die Antwort schuldig.

»Antworte, verdammt noch mal! Wo warst du heute Nacht?«

Die Stille war so kompakt, dass Viola der Atem stockte. Ein Vogelschwarm flog lärmend von der großen Ulme auf.

»Antworte!«

Viola hörte die Türen der Küchenschränke knallen. Erst bekam sie Angst, weil sie glaubte, Ernst lege Hand an Erna. Dann hörte sie die Stimme ihrer Tochter. Sie war ruhig und gelassen.

»Ich bin zum Königsgrab geradelt.«

»Zum Königsgrab! Solange du unter meinem Dach wohnst, bestimme ich, wo du hingehst. Hörst du! Königsgrab! Bist du nicht ganz bei Trost?«

»Im Gegenteil. Es war trotz des Wetters eine richtig schöne Radtour.«

»Was du brauchst, ist etwas gesunder Menschenverstand und sonst nichts.«

Gelassen trat Erna auf den Hof und sammelte ihre Schuhe ein. Sie stellte sie nebeneinander auf die Küchentreppe und ging dann lächelnd auf ihre Mutter zu, die immer noch wie versteinert dastand.

»Das war gestern wirklich ein fürchterliches Unwetter«, sagte Erna und schaute lächelnd in die Sonne. »Aber heute scheint es ja ein schöner Tag zu werden.«

Viola nickte ihr zu und räusperte sich nervös, während sie immer wieder unruhig zum Küchenfenster hinaufschaute.

6. *Kapitel*

Nach dem nächtlichen Besuch beim Königsgrab beschloss Börje herauszufinden, wovon die dritte Sage handelte. Die alten Fischer im Hafen konnten ihm sicher weiterhelfen. Fischer Måns kannte sich aus.

Der Abend war lau, und Börje war mit seinem Tagewerk zufrieden. Die Rumpelkammer sah schon richtig passabel aus, und er freute sich über seine Fortschritte. Er hängte sich seinen gestrickten Pullover über die Schultern und machte einen Spaziergang zum Hafen. Am hinteren Pier sah er eine Gruppe Männer stehen, die sich unterhielten. Einer stützte sich auf den Lenker eines Fahrrads, ein anderer lehnte an der Hafenmauer. Pfeifenrauch stieg auf und wehte Börje entgegen. Er atmete ihn genüsslich ein und gesellte sich zu den Männern.

»Heute Abend sind also die Städter unterwegs. Eine Straßenbahn suchen Sie hier aber vergeblich«, scherzte einer der Männer und lachte.

Börje lächelte. »Was wisst ihr schon über Straßenbahnen«, meinte er. »Die haben wir ja nicht mal in Stockholm.«

Er war ein kommunikativer Mensch, der sich mit allen unterhalten konnte. Bald war er am allgemeinen Gespräch beteiligt. Er erkundigte sich, wo er Bretter und Lasur kaufen könne, und bekam jede Menge Tipps.

»Neulich Abend war ich übrigens am Königsgrab«,

sagte er irgendwann. »Ich habe gehört, dass sich einige Sagen darum ranken.«

»Hüten Sie sich vor dem Grab«, meinte Fischer Måns und lachte, »insbesondere, wenn Frauen in der Nähe sind.«

»Viele Männer bereuen, jemals dorthin gegangen zu sein«, meinte ein dicker alter Mann, der eine Schiffermütze und einen abgenutzten Blaumann trug.

»Ich weiß«, fuhr Börje fort, um zu zeigen, dass er bereits Bescheid wusste. »Wenn der Wind dreht, dann ...«

»Und wenn man liebt, dann ist man lebenslänglich gefangen.«

»Wie, gefangen?«

»Liebt man sich bei Vollmond in der Grabkammer, dann heben sich die Steine und bilden eine Art steinernes Gewölbe, den sogenannten Steinhimmel. Dann bleibt man sein Leben lang zusammen.«

»Es gilt also, die richtige Frau dorthin mitzunehmen, weil man die für den Rest seines Lebens nicht mehr loswird.«

»Seht euch nur das mürrische Weib an, mit dem sich Algot herumquälen muss. Es heißt, dass sie es dort in einer Vollmondnacht miteinander getrieben haben, und jetzt ist sie für immer sein. Ein mürrisches und immer schlecht gelauntes Weibsbild ist das, aber das geschieht ihm nur recht, wenn er es in alten Gräbern treiben muss statt in warmen, trockenen Bootsschuppen.«

»Weiß Gott«, sagte der Mann in der Schiffermütze und spuckte seinen Snustabak aus.

»Auch der alte Rektor Påhlsson soll es in dem Grab getrieben haben, er durfte sie aber trotzdem nicht behalten. Sie ist an Krebs gestorben. Nein, ich meine nicht seine Frau, die Schreckschraube blieb ihm fast bis zu seinem Tod erhalten, aber er hatte auch noch eine Geliebte, so unglaublich das auch klingen mag.«

»Ich weiß«, sagte Fischer Måns. »Ich bin mal abends vorbeigekommen, als sie auf ihn wartete. Sie machte sich gerade an den Steinen zu schaffen und wirkte so, als hätte sie sich irgendwie ertappt gefühlt.«

»Und wer war sie?«, fragte Börje aufgeregt.

»Maria Fryzelius«, sagte Måns und schien stolz darauf zu sein, dass er so viel wusste. »Sie und ihr Mann waren aus Småland hierher gezogen. Ihr Mann arbeitete in der Kelterei, und Maria half manchmal in der Bücherei aus. Nach ihrem Tod ist ihr Mann nach Småland zurückgegangen. Påhlsson wurde anschließend ganz sonderbar, heißt es. Irgendwann ist auch seine Frau gestorben.«

»Und jetzt ist er auch tot«, meinte Börje. »Ich war vor einigen Wochen auf der Auktion.«

»Da war viel los«, meinte ein dünner alter Mann, der bislang geschwiegen hatte.

»Das meiste soll aber reiner Plunder gewesen sein«, meinte Måns. »Ich war selbst dort. Kistenweise staubige Bücher.«

»Ich habe einen Pappkarton mit Büchern ersteigert«, warf Börje ein.

»Wie Erna, die Tochter vom alten Henningsson. Die Ärmste, die findet ja sowieso keinen Mann mehr. Da hat sie natürlich genug Zeit zum Lesen.«

»Die hat es nicht leicht, die Erna«, meinte der Alte mit der Schiffermütze. »Ihre Mutter ist nett, aber Ernst ist ein richtiger Parasit. Das Mädchen soll ja intelligent sein, aber was hilft das, wenn man so aussieht.«

»Aber sie hat was«, meinte Måns, »doch sie hat noch nie einen Mann gehabt und wird wohl auch keinen mehr kriegen. Dafür wird schon ihr Vater sorgen.«

»Man soll von Kranken nicht schlecht reden«, warf der dünne Mann ein. »Ernst hat Parkinson, wer weiß, wie das noch mal endet.«

»Er ist so unleidlich und giftig, dem kann keine Krankheit was anhaben«, sagte Måns und zog seine Snustabakdose hervor. Routiniert drückte er den Tabak zu einem kleinen Ball zusammen und schob ihn sich unter die Oberlippe. Dann wischte er sich die Finger an seiner Hose ab.

Plötzlich richteten sich die Männer auf. Måns wischte sich die Finger ein weiteres Mal an der Hose ab, und der Mann in der Schiffermütze strich sich das Haar glatt.

»Guten Abend«, sagten sie fast gleichzeitig.

Börje drehte sich um. Eine junge Frau radelte vorbei und lächelte den Männern freundlich zu. Sie war auf dem Weg in den Ort.

»Süßer als die Kirschen im Garten meiner Mutter«, meinte Måns. Die anderen lachten und sahen der Frau hinterher.

Börje konnte die Männer nicht verstehen. Sie hatte ausgesehen wie die Frauen in Stockholm, blasiert, gleichgültig, mit leblosen Augen. Die Frau aus dem Auktionssaal war zwar keine Schönheit gewesen, hatte aber ehrlich und authentisch gewirkt.

»Mit der ins Grabgewölbe, dann wäre sie einem für immer sicher«, meinte Måns mit träumerischer Miene.

»Wer war das denn?«, fragte Börje.

»Na, die neue Grundschullehrerin«, sagte der magere

Alte, setzte sich auf sein Fahrrad und fuhr davon. Der Mann in der Schiffermütze rülpste, steckte sich seinen Zeigefinger ins Ohr und fuhrwerkte darin herum, als wollte er ins Innere seines Schädels gelangen. Dann hob er die Hand zum Gruß und verließ den Hafen.

Börje war dankbar für alles, was er erfahren hatte. Er band sich seinen Pullover um die Hüften und begab sich rasch nach Hause. Im Küchenfenster hatten die Samen in den Töpfen zu treiben begonnen, und kleine grüne Pflänzchen strebten dem Licht entgegen. Auf dem Küchentisch lag ein frisch gebügeltes kariertes Tischtuch, und obwohl noch viel zu tun war, wurde das kleine Haus langsam richtig gemütlich.

Börje trat auf den alten, abgebeizten Schreibtisch zu. Es hatte zu dämmern begonnen, und er schaltete die alte Lampe mit dem grünen Schirm an. Auf dem Schreibtisch lagen ein Papierstapel, ein paar Notizzettel und einige Anzeigenblätter. Er zog das Telefonbuch hervor und schlug den Simrishamnteil auf. »Henningsson«, murmelte Börje vor sich hin, während er blätterte. Er fuhr mit seinem Zeigefinger über die Einträge unter Henningsson. Alvar, Assar, David und Ernst. Sein Finger hielt inne. Ernst Henningsson, Landwirt, Kivik 13:5.

»Das muss er sein«, sagte er laut und ging dann zur Spüle, um sich ein Glas Wein einzuschenken. Er nahm einen großen Schluck und zündete gleichzeitig die Pfeife an. Die Männer mussten die Frau aus der Aktionshalle gemeint haben. Sie hatten sich abfällig über ihr Aussehen geäußert. Dabei fand er sie gar nicht hässlich. Sie mochte etwas ungewöhnlich aussehen, aber sie hatte eine Ausstrahlung gehabt, die er nicht vergessen konnte. Sollte er sie anrufen? Vielleicht sollte er ja erst herausfinden, wo sie wohnte?

Nein, beides war sicher keine gute Idee, doch er war froh, dass er etwas mehr über sie in Erfahrung gebracht hatte. In der letzten Zeit war er sich immer sicherer gewesen, dass er sie noch einmal treffen wollte.

Nach Ernas nächtlicher Radtour war die Stimmung ausgesprochen schlecht. Viola war so angespannt, dass sie viel älter wirkte, als sie eigentlich war. Ernst war noch unwirscher als sonst und lauerte Erna auf, egal, wo sie sich befand. Einmal, als er nach den Kühen gesehen und dann wieder in die Küche gekommen war, hatte Erna telefoniert. Ernst verfolgte misstrauisch das Gespräch.

»Ist es recht, wenn ich um fünf Uhr komme?«, zwitscherte Erna und genoss den wütenden Blick ihres Vaters. »Seit dem letzten Mal gehe ich wie auf Wolken.«

Ernst vollführte eine abrupte Bewegung und stieß sich den Arm an der Türklinke. »Scheiße!«

»Dann bis später«, beendete Erna das Gespräch.

»Wer war das?«, fragte ihr Vater.

»Ach, niemand Besonderes«, antwortete Erna fröhlich und verschwand in ihrem Zimmer.

»Sie macht uns zum Gespött, treibt sich nachts herum und benimmt sich am Telefon, als wäre sie nicht ganz bei Trost. Wen hat sie denn eben angerufen?«

»Die Fußpflege«, antwortete Viola.

Ernst schwieg und zupfte an seinen Ohrläppchen wie immer, wenn er nervös oder beschämt war. Dabei verdrehte er sie auf eine seltsame Art, dass Viola schon befürchtete, sie würden immer länger werden und allmählich ausleiern. Dann ging er zum Telefontischchen, holte sich die Zeitung und begann planlos darin zu blättern.

Viola nahm die Tüte aus dem Abfalleimer und knotete sie zu. Dann verschwand sie zur Mülltonne. Anschließend setzte sie sich auf die Gartenbank und schaute über die Ebene.

Ernst blieb verdutzt zurück. Allmählich hatte er den Eindruck, als würden die beiden Frauen die Herrschaft im Haus übernehmen. Er ging zum Kühlschrank und nahm die Flasche Magenbitter heraus, den er selbst angesetzt hatte. Er füllte eines der bemalten Schnapsgläser, die er von seiner Großmutter geerbt hatte, und leerte es in einem Zug. Dann füllte und leerte er es ein weiteres Mal, schraubte die Flasche zu und stellte sie wieder zurück. Danach verspürte er ein starkes Unbehagen. Wegen seines Parkinsons nahm er Tabletten, von denen er wusste, dass sie sich nicht mit Alkohol vertrugen. Bei seinem letzten Arztbesuch war sein Blutdruck sehr hoch gewesen, und als er jetzt ins Wohnzimmer ging, verspürte er ein Ziehen in der Herzgegend und Atemnot. Rasch ging er zur Küchentür und rief mit zuckersüßer Stimme auf den Hof: »Viola, könntest du mir einen Knopf an mein Hemd nähen?«

Viola erstaunte seine plötzliche Freundlichkeit. »Muss das ausgerechnet jetzt sein?«

Ernst spürte die Wut in sich aufsteigen, aber seine Angst war stärker, und er rief erneut nach seiner Frau.

»Ach, ist doch besser, es gleich zu machen, sonst vergessen wir es womöglich, und dann stehe ich dumm da, wenn ich das Hemd brauche. Ich kann schon mal einen Kaffee aufsetzen. Vielleicht will Erna auch eine Tasse, bevor sie zu diesem Fußmenschen geht.«

Manchmal wusste Viola nicht, was ihr unangenehmer war: wenn Ernsts Stimme hart und kalt klang oder wenn er wie jetzt so ungewohnt freundlich mit ihr sprach. Dann wusste sie gar nicht, woran sie war.

»Ja, ja, ich komme schon.« Viola stand auf, strich mit der Hand über ihre Schürze und ging in die Küche.

»Ich fühle mich ein bisschen schwach und komisch heute«, erklärte Ernst.

Viola antwortete nicht, sondern suchte in einer Schachtel nach einem passenden Hemdknopf.

»Etwas schwindlig ist mir auch«, jammerte Ernst.

»Schwindlig ist dir doch schon öfter gewesen, ohne dass weiter was gewesen wäre«, antwortete Viola, ohne aufzublicken.

Vielleicht liegt der Schwindel ja an den beiden Schnäpsen, die ich gekippt habe?, dachte Ernst. Es kann aber auch das Herz sein.

»Ich fahre jetzt«, sagte Erna, die plötzlich in ihrem schönsten Sommerkleid in der Küche stand.

»Schon? Es ist doch erst vier«, meinte Viola.

»Ich muss vorher noch was erledigen«, antwortete Erna. »Willst du, dass ich dich fahre?«, fragte Ernst bemüht.

Ihm war klar, dass ein Versuch, Erna zurückzuhalten, nutzlos gewesen wäre.

Erna schüttelte den Kopf, ging rasch über den Hof und setzte sich auf ihr altes Fahrrad. Der Nachmittag war mild, und ihr Sommerkleid flatterte um ihre nackten Beine. Sie hatte sich in den letzten Wochen trotzig und stark gefühlt und diese Empfindungen genossen. Gleichzeitig war sie von einer unerklärlichen Spannung erfüllt.

Sie radelte zum Hafen, hielt am Fischgeschäft an und beschloss, sich etwas Leckeres zu kaufen, bevor sie sich zur Fußpflege begab. Nach und nach trudelten die Sommergäste ein, und im Laden war es eng.

»Zwei geräucherte Makrelen und eine Limo«, sagte Erna, als sie an der Reihe war.

Sie setzte sich auf eine Bank vor dem Laden, aß mit den Fingern, trank die Limonade direkt aus der Flasche und genoss das Alleinsein.

Manchmal überlegte sie, ob sie nicht von zu Hause ausziehen sollte, aber dann überwog immer das Gefühl, den Hof und ihre Eltern nicht verlassen zu können. Die Krankheit ihres Vaters wurde immer spürbarer, und sie empfand eine starke Zusammengehörigkeit mit ihrer Mutter. Sie wusste, dass Viola sie vermissen würde. Allein mit ihrem Ehemann, mit dem sie sich kaum unterhalten konnte, würde sie sich langweilen. Ihre Mutter war ordentlich und gepflegt, ihr Vater hingegen war im letzten Jahr immer nachlässiger bei seinem Äußeren geworden, was Erna und ihrer Mutter sehr zu schaffen machte. Sie verloren nie ein Wort darüber, ein Blick genügte. An Neujahr war er erkältet gewesen und hatte ungewöhnlich stark gehustet. Beim Abendessen hatte er ausführlich abgehustet und in sein Taschentuch gespuckt. Anschließend hatte er das Sputum genauestens betrachtet, bevor er sein Taschentuch wieder zusammenfaltete. Einige Wochen später vor dem Fernseher hatte Ernst ganz unappetitlich in der Nase gebohrt.

Erna erinnerte sich plötzlich daran, wie sie früher einmal zwei Aushilfen auf dem Hof beschäftigt hatten, weil sich Viola mitten in der Kartoffelernte einer Gallensteinoperation hatte unterziehen müssen. Der lokale Bauernverband hatte Ernst zwei Frauen genannt, die häufiger als Erntehelferinnen eingesprungen waren.

Die eine, Magda von Lillhem, war groß und kräftig und nahm kein Blatt vor den Mund. Davon abgesehen war sie eine rechtschaffene Frau mit einem ordentlich geführten Haushalt und drei wohlerzogenen Söhnen, die sie nach dem Tod ihres Mannes allein großgezogen hatte. Ihre Wortwahl schockierte die Dorfbewohner hin und wieder. Einmal hatte sie im Laden ein Tiefkühlhähnchen gekauft, das so zäh gewesen war, dass man es kaum hatte essen können. Beim nächsten Einkauf hatte sie ein Hähnchen aus der Gefriertheke genommen, in die Höhe gehalten und mit lauter Stimme gesagt: »Ist das jetzt ein Hähnchen oder ein altes vertrocknetes Huhn?« Alle hatten sie entsetzt angesehen. Vielleicht lag ihr mannhaftes Auftreten ja daran, dass sie für ihre Söhne Vater und Mutter hatte sein müssen, da es seit dem Tod ihres Gatten keinen Mann mehr in ihrem Leben gegeben hatte.

Die andere Frau, die Ernst zur Kartoffelernte angeheuert hatte, war Siv, die Tochter eines Buchhalters aus einem kleinen Ort in der Nähe von Kivik. Sie war ein eher üppiger Typ und sich ihrer körperlichen Vorzüge sehr wohl bewusst. Siv hatte jahrelang studiert, aber nie ein Examen abgelegt. Es ging das Gerücht, ihre Eltern seien es irgendwann leid gewesen, ihre schon etwas in die Jahre gekommene Tochter weiter finanziell zu unterstützen. Vielleicht hatte sie sich deswegen gezwungen gesehen, auf den Höfen der Gegend auszuhelfen. Sie war sehr anspruchsvoll, auffällig gekleidet und geschminkt und unternahm öfter mal Reisen ins Ausland. Die Frauen des Dorfes mochten sie nicht. Sie beneideten sie nicht etwa um ihr Aussehen oder ihre Kleider, sondern mieden sie wegen ihrer berechnenden Art. In der Schule waren die Jungs verrückt nach ihr gewesen. Sie hatten sich in ihrer Anwesenheit derart aufgespielt, dass es vollkommen lächerlich gewesen war. Später hatten sie erkannt, dass es Siv nur um Geld und um Einladungen zum Tanz und ins Kino gegangen war, denn mehr war nie daraus geworden. Irgendwann hatten die jungen Männer dann die Lust verloren.

Erna schämte sich für ihren Vater, wenn sie an damals zurückdachte. Er hatte ständig mit Siv geschäkert, wenn er sich unbeobachtet glaubte, und ihr auf den Hintern gehauen, wenn sie kniend die Kartoffeln geerntet hatte. Siv hatte albern gekichert und, obwohl sie genauso viel verdient hatte wie Magda, nur halbe Arbeit geleistet. Sie ließ große, gut sichtbare Kartoffeln liegen, ohne zurechtgewiesen zu werden. Doch hatte Magda nur eine einzige, winzige Kartoffel übersehen, war Ernas Vater sofort verärgert.

Am zweiten Tag hatte Ernst das Rasierwasser verwendet, das jahrelang unbenutzt im Badezimmerschrank gestanden hatte und das er sonst nicht einmal an Feiertagen benutzte. Ausgerechnet jetzt, wo er auf den lehmigen Kartoffelacker wollte, schüttete er es wie Sommerregen über sich. Viola sah ihn erstaunt an, als er ging, und Erna eilte ihm hinterher, um sich die Fragen ihrer Mutter zu ersparen. Glücklicherweise hatte sich Viola rasch erholt, und sie hatten später keine Hilfe mehr benötigt.

»Darf ich mich setzen?« Der Fischer Måns nahm vorsichtig am anderen Ende der Bank Platz.

Erna zuckte zusammen. »Bitte. Gerne.« Sie zog sich ihr dünnes Sommerkleid über die Knie.

»Jetzt fallen sie wieder wie ein Heuschreckenschwarm ein«, sagte Måns.

»Wer?«

»Die Sommergäste natürlich!«, meinte er und lachte. Seine braunen Augen leuchteten in seinem zerfurchten Gesicht. Erna hatte Måns immer gemocht. Er hatte eine freundliche, tiefe Stimme und lächelte gerne. Trotz seines wettergegerbten Aussehens verfügte er über eine vertrauenerweckende Sensibilität.

»Ach, die«, erwiderte Erna und lächelte. »Ich mag die Sommergäste eigentlich ganz gern. Irgendwie wird dann alles so anders.« Sie riss ein Stück ihrer Makrele ab und entschuldigte sich dafür, dass sie mit den Fingern aß.

»Ach was, genier dich nicht meinetwegen. Das schmeckt doch am besten so.«

Sie lachten beide, und Erna fühlte sich entspannt und zufrieden. Ohne darüber nachzudenken, öffnete sie die beiden obersten Knöpfe ihres Kleides. Ihr brauner Hals war zu sehen, und die Konturen ihrer Brüste waren zu erahnen. Måns' Blick versank in ihrem Dekolleté. Er räusperte sich und ergriff rasch wieder das Wort, als hätte er plötzlich Angst vor der Stille bekommen.

»Ich hab gesehen, dass ihr auf der Auktion von Påhlssons Nachlass wart. Du hast dir Bücher gekauft.«

Den Leuten im Dorf entgeht auch nie etwas, dachte Erna, nichts lässt sich verheimlichen. Mal abgesehen von meinem nächtlichen Ausflug zum Königsgrab. Ein Glück, dass mich niemand gesehen hat, sonst würden alle darüber reden.

»Das waren schöne Bücher«, sagte Erna, als wollte sie sich verteidigen.

»Das hat dieser Städter auch gesagt. Er hat ebenfalls einen Karton ersteigert.«

Erna hatte gerade einen Schluck aus ihrer Limoflasche genommen. Jetzt setzte sie sie so hastig ab, dass sie nicht mehr genug Zeit hatte, den Mund zu schließen. Die Limonade lief ihr zwischen den Busen. Sie nahm die Serviette und tupfte an ihrem Ausschnitt herum.

»Welcher Städter?«, erkundigte sich Erna.

»Er wohnt im Haus von Peder Norrman und kommt aus Stockholm. Netter Bursche übrigens. Interessiert sich für unser Dorf und hat vor, hier Wurzeln zu schlagen. Ich habe ihn unlängst am Hafen getroffen. Er war beim Königsgrab gewesen und hatte unzählige Fragen ... Der Teufel weiß, warum, aber interessiert hat er sich wirklich.«

Ob er das wohl war?, überlegte Erna. Sie kannte Peders Haus und nahm sich vor herauszufinden, ob es wirklich der Mann aus dem Auktionssaal war, den Måns gemeint hatte.

»Bald wohnen hier nur noch Städter, weil sich sonst niemand die Grundsteuer leisten kann. Aber egal, ich habe weder Frau noch Kinder, für mich ist es Jacke wie Hose. Ich habe sowieso bald alles hinter mir, was dann kommt, kann mir wurscht sein.« Måns erhob sich. Er lächelte Erna noch einmal zu, schwang sich auf sein rostiges Fahrrad und radelte schlingernd über den Hafenplatz davon.

Tragisch, dachte Erna. Ein arbeitsreiches und hartes Leben und dann keine Erben. Ihr hingegen war es wichtig, was danach kam. Sie wollte etwas zurücklassen. Nicht nur ein Haus und ein paar klägliche Habseligkeiten, sondern ein Kind, das ihre Gene weitergeben und die Sonne über dem Meer aufgehen sehen würde, dieselbe Sonne, die sie selbst so oft betrachtet hatte.

Erna blieb noch sitzen, nachdem Måns gegangen war. Sie empfand ein Gefühl der Freiheit, das sich nur schwer beschreiben ließ. Sie zog ihr Kleid über die Knie, krempelte die Ärmel hoch, lehnte den Kopf an die Wand und ließ die Sonne alle düsteren Gedanken vertreiben.

»Ich kaufe jetzt einen Seeteufel«, sagte eine verärgerte Frau auf dem Weg ins Fischgeschäft.

»Klar, mach nur. Kümmer dich nicht darum, dass ich Seeteufel nicht mag. Ich kann ja die Fleischbällchen essen, die gestern übrig geblieben sind.«

»Bist du kindisch«, fuhr die Frau fort. »Kauf dir doch, was du willst, ich gönne mir einen Seeteufel.«

»Du machst ja sowieso immer nur, was du willst. Andere diskutieren wenigstens mal miteinander.«

»Diskutieren! Kannst du dich nicht wenigstens in den Ferien abregen? Hier gibt es nichts zu diskutieren. Ich will Seeteufel essen, und du kannst kaufen, was du willst.«

»Gut! Dann nehme ich eine Dose Sardinen. Dann reicht die Reisekasse auch länger. Vielleicht könntest du dir was aussuchen, was noch teurer ist als Seeteufel?«

»Ich verdiene schließlich mehr als du!«

»Damit wäre auch das wieder einmal gesagt. Ganz reizend, wirklich ganz reizend.«

Erna musste lachen. Sie hörte die Fortsetzung der Unterhaltung nicht, aber ihr war schon oft aufgefallen, dass die Stimmung unter den Sommergästen besonders angespannt war. Sie waren das Zusammenleben offenbar nicht gewohnt mit all den Streitigkeiten, mit Kindern, die aufs

Klo mussten, tropfendem Eis am Stiel und lebenswichtigen Entscheidungen. In solchen Momenten erfüllte es sie mit Dankbarkeit, allein zu sein, die Stille genießen zu können, kaufen zu können, was sie wollte, und wie jetzt in der Sonne zu sitzen und frisch geräucherte Makrele mit den Fingern zu essen.

Erna saß angenehm entspannt in dem großen Ledersessel, während sich Gittan Andersson an der Hornhaut ihrer Fersen zu schaffen machte. Die harte Arbeit auf dem Hof hinterließ ihre Spuren. Erna trug fast immer Holzschuhe, und deswegen ging sie einige Male im Jahr zur Fußpflege. Gittan war ein paar Jahre älter als Erna und ein fröhlicher und gesprächiger Typ, weshalb die Besuche bei ihr auch für die Seele eine Labsal waren. Gittan kannte jede Menge Leute in Kivik und erzählte gerne alles weiter, was sie gehört hatte.

»Lena und Kjell wollen sich scheiden lassen«, sagte sie, während sie an Ernas Fersen herumfeilte. »Sie hat während einer Fortbildung einen anderen kennengelernt. Aber Kjell ist das vermutlich egal, schließlich ist er schon seit Jahren mit Eva aus Larsbo zugange.«

»Übrigens war das ein schlimmes Gewitter letzte Woche, oder?« Erna interessierte sich nicht sonderlich für den Liebeskummer von Leuten, die sie überhaupt nicht kannte. »Ich war gerade mit dem Fahrrad unterwegs und bin beim Königsgrab mitten ins schlimmste Unwetter hineingeraten.«

»Mitten in der Nacht Fahrrad fahren!«, sagte Gittan. »Bist du nicht ganz bei Trost, Erna? Was hattest du denn bei dem Königsgrab verloren?«

»Weiß nicht. Hat sich eben so ergeben. Es war fast ein bisschen gruselig. Plötzlich ist mir nämlich ein Stein auf den Fuß gefallen, und wenig später habe ich einen Mann in der Dunkelheit davonlaufen und mit dem Fahrrad davonfahren sehen.«

Gittan rang nach Luft und legte die Feile beiseite. »Was du nicht sagst, Erna! Wer war das denn?«

»Keine Ahnung, aber mir war es schon etwas unheimlich.«

»Das hätte ich nie gewagt«, meinte Gittan. »Über diesen Ort hat man so viele merkwürdige Dinge gehört. Wenn man verliebt ist, soll man sich nachts in der Grabkammer auf den Rücken legen, dann heben sich die Steine und bilden eine Art Steinhimmel. Ein Tor öffnet sich, und man sieht seinen Zukünftigen.«

»Ach was«, meinte Erna. »Das ist doch nur Gerede.«

»Ich denke, da muss schon was dran sein. So viele Leute haben davon erzählt. Ich habe es auch schon mal ausprobiert. Aber vermutlich war es noch zu früh, es war erst sieben Uhr und noch nicht dunkel.« Gittan lachte und fuhr dann fort: »In dem Moment kam ein ganzer Bus voller Touristen. Die haben vielleicht ein komisches Gesicht gemacht, als sie mich gesehen haben, wie ich in der Grabkammer auf dem Rücken lag und darauf gewartet habe, dass sich die Steine bewegen. ›Schau mal, Mama! Eine Tote!‹, hat ein kleines Kind gebrüllt, und alle sind herbeigeeilt und wollten wissen, was los sei.«

Erna versuchte mehr über die Sagen herauszufinden, die sich um das Grab rankten, und hoffte auch, dass Gittan etwas über Påhlsson wüsste, aber sie kannte nur die neuesten Skandale im Dorf.

Erna beschloss, auf dem Heimweg am Hafen vorbei und durch Vitemölla zu radeln. Die schmale Landstraße verlief parallel zum Meer, und bei sonnigem Wetter war sie von den Autos der Strandbesucher gesäumt. Jetzt war die Sonne hinter den Wolken verschwunden, und ein kalter Wind fuhr durch Ernas dünnes, strähniges Haar.

Vor dem Kurhotel in Vitemölla hielt sie an und setzte sich auf eine Bank. Sie schaute auf den menschenleeren Strand. Das Tosen der Brandung übertönte ihre Gedanken, und die losen Festmacher eines morschen Kahns quietschten jämmerlich. Noch vor wenigen Stunden war der Strand voller Badegäste gewesen. Ihre Eltern waren nur ganz selten mit ihr am Strand gewesen und waren auch nicht ins Wasser gegangen. Erna erinnerte sich, wie sie sich beim letzten Strandbesuch ihrer Eltern geschämt hatte. Sie war damals etwa dreizehn gewesen. Die anderen Eltern hatten bequem ausgestreckt auf weichen bunten Badelaken oder Bademänteln gelegen, doch ihre Eltern hatten bloß eine alte graue Wolldecke mitgebracht, auf der sie steif herumgesessen hatten. Ihr Vater hatte sogar Schuhe und Strümpfe angelassen. Erna konnte sich noch an den Schweißgeruch seines Nylonhemdes erinnern. Ihre Mutter hatte ein dünnes Sommerkleid getragen und sich Schuhe und Strümpfe ausgezogen, ja, sie hatte sogar das Kleid hochgezogen, damit die Beine braun wurden. Aber irgendwie hatten sie trotzdem sehr unentspannt gewirkt. Sie gehörten nicht dazu, es war einfach so. Als sie Kaffee trinken gegangen waren, hatte ihr Vater eine hässliche Schirmmütze aufgesetzt, auf deren Schirm »Föreningsbanken« gestanden hatte.

Erna kratzte sich am Oberschenkel. Es war, als spüre sie

immer noch die raue Wolldecke an ihren Beinen. Sie sah auch noch die großen Jungs vor sich, die an ihnen vorbeigegangen waren und mit lauter Stimme gesagt hatten, damit sie es auch ja hören konnten: »Guckt mal, da! Die nächste Eiszeit steht wohl bevor! Davon haben sie im Wetterbericht ja gar nichts gesagt. Los, ab nach Hause und rein in die langen Unterhosen!«

Erna hatte ein schlechtes Gewissen bekommen. Sie wusste, dass die Eltern nur ihretwegen an den Strand gefahren waren. Viola hatte so getan, als wäre nichts, aber Ernst hatte den jungen Burschen die geballte Faust gezeigt.

»Ich geh noch mal ins Wasser«, hatte Erna gesagt, um von dem Vorfall abzulenken.

»Nicht weiter als bis zur Bademarkierung«, hatte ihr Viola hinterhergerufen und damit den Nabel gemeint. Erna hatte sich darüber geärgert, obwohl sie wusste, dass ihre Mutter es nur gut mit ihr meinte.

Wie schön das Hotel geworden ist, dachte Erna. Die neuen Besitzer hatten es neu verputzen lassen, und auch der früher so verwilderte Garten war wieder in Ordnung gebracht worden. Erna erinnerte sich, dass die neuen Besitzer auf der Auktion einige bessere Stücke aus dem Påhlsson-Nachlass gekauft hatten, darunter die große Pendeluhr, die so ein schönes Läutwerk hatte. Die hatte Erna einmal schlagen hören, als sie bei Påhlssons Maiblumen verkauft hatte.

»Komm rein, meine Kleine«, hatte er gesagt, und sie war vorsichtig über die Schwelle getreten. Sie hatte in das große, schöne Wohnzimmer neben der Diele schauen können. Schon damals hatten Erna die großen Regale mit den vielen Büchern fasziniert. In einer Ecke hatte die große

Pendeluhr gehangen. Gerade als Påhlsson zurückgekommen war, hatte die Uhr geschlagen, und zwar in einem wunderschönen Ton, der noch eine ganze Weile in ihr widergehallt war.

»Hier«, hatte Påhlsson gesagt und sein großes Portemonnaie geöffnet. Es hatte viele Fächer gehabt, aber Erna hatte kaum Geld darin gesehen.

»Ich nehme drei von den kleinen Maiblumen«, hatte er gesagt und Erna das Geld passend gegeben.

Erna beschloss, bei Gelegenheit mal in das Kurhotel zu gehen, um sich die Pendeluhr anzusehen. Sie hatte oft an diese Uhr gedacht und wollte sie zu gern noch einmal schlagen hören. Aber es war nicht nur das. Sie wollte sich auch die anderen Dinge anschauen, die einmal Påhlsson gehört hatten. Irgendwie fand sie, dass sie Påhlsson durch die Briefe nähergekommen war.

Erna lachte, während sie nach Hause radelte. Sie stellte sich Gittan vor, die wie tot in der Grabkammer gelegen und die armen Touristen erschreckt hatte. Als Erna den letzten Hügel erreichte, war ihre Miene wieder ernst. Sie hielt am Briefkasten und schaute hinein, obwohl sie wusste, dass er bereits geleert worden war. Dann krempelte sie ihre Ärmel wieder nach unten und knöpfte ihr Kleid am Hals zu – ganz so, als wäre die Freude am Briefkasten zu Ende. Und als radelte sie nun in eine kompakte Dunkelheit, in der ihre Mutter den einzigen Lichtpunkt darstellte. Erna biss sich auf die Lippen, um nicht zu heulen.

Das letzte Wegstück bis zum Hof war von Bäumen gesäumt. Neben der Einfahrt zum Bauernhof lagen ein paar weiß bemalte Steine. Einmal, als ihr Vater gerade das Haus gekalkt hatte, füllte sie eine alte Kaffeedose mit weißer Farbe. In Ermangelung eines Pinsels hatte sie die Spülbürste aus der Küche genommen und dann die Steine angemalt. Wie so oft zuvor hatte sie ihrem Vater eine Freude machen wollen. Sie runzelte die Stirn, als sie an damals dachte. Die weißen Steine hatten ihr ausnehmend gut gefallen, und sie hatte gerade mit schwarzer Farbe »Willkommen« daraufschreiben wollen, als ihr Vater sie entdeckt hatte.

»Verdammt noch mal, Kind, was soll der Unsinn!«

Erna hatte eine Ohrfeige bekommen, und er hatte ihr eine ganze Woche Melken und Hausarrest aufgebrummt. Normalerweise hätte ihr das nichts ausgemacht, da sie den Hof nur selten verließ. Aber gerade in dieser Woche war der Kiviker Jahrmarkt gewesen, auf den sie sich das ganze Jahr gefreut hatte.

In düsteren Stunden brauchte es nur kleine Auslöser, um sie an traurige Ereignisse aus ihrer Kindheit zu erinnern – wie den bemalten Briefkasten, die weiß gekalkten Steine oder die abgeschlagene Ecke der Küchentreppe. Dort hatte sie einen Blechkasten so unglücklich fallen lassen, dass die Ecke der untersten Stufe kaputtgegangen war. Im Blechkasten, den sie von ihrer Großmutter geerbt hatte, sammelte sie ihre Glanzbilder. Nur die schönsten, die sie nicht tauschen wollte, die anderen lagen in dem duftenden Seifenkarton. Ihr Vater war tagelang außer sich vor Zorn gewesen. Erna sah immer noch vor sich, wie die traurigen Glanzbildengel über den ganzen Vorplatz verstreut lagen.

Noch im Spätherbst hatte sie in der Laube ein weggewehtes Glanzbild gefunden. Einen Engel auf einer türkisblauen Wolke. Erna hatte dieses Glanzbild geliebt.

»Das ist ein total wertvolles altes Glanzbild. Das erkennt man an der braunen Rückseite«, hatte ihre Cousine behauptet. Erna war an dem Tag, an dem sie den Glanzbildengel wiedergefunden hatte, überglücklich gewesen, und sie verwahrte ihn immer noch in ihrem Blechkasten, auch wenn er sie an ihre Niederlage erinnerte.

Schweren Herzens radelte Erna auf den Vorplatz. Schon von Weitem hörte sie erregte Stimmen aus der Küche.

»Soll das hier etwa zu einem Puff verkommen? Na, besten Dank«, hörte sie die zornige Stimme ihres Vaters.

»Meine Güte, Ernst, du weißt ja nicht mal, wer das war, dieser Mann im Auto. Vielleicht war es ja bloß ein alter Klassenkamerad?«

»Was du nicht sagst! Womöglich ein Literaturprofessor aus Lund, der sich ihre alten Bücher ansehen will? Du bist ja genauso dumm wie Erna, schon klar, wo sie das herhat. Klassenkamerad!« Ernst schnaubte. »Von wegen! Brünstige Junggesellen, die sich den Hof unter den Nagel reißen wollen. Denkst du etwa, ich merk so was nicht?«

Eine Schranktür wurde zugeknallt, und Erna erstarrte.

»Ich fand ihn sehr nett. Was soll er nur von uns denken?«

Erna prüfte noch mal, ob alle Knöpfe ihres Kleides zugeknöpft waren, und öffnete dann die Tür zur Küche.

Viola sah verängstigt aus, und ihr Vater warf ihr einen finsteren Blick zu.

»Aha, alle Schwielen weggefeilt? Dann kannst du ja wieder durch die Gegend rennen wie Gunder Hägg«, meinte Ernst zu seiner Tochter. Doch die antwortete nicht, sondern ging auf ihre Mutter zu, umarmte sie und setzte sich dann auf die Küchenbank. Die Stille war ohrenbetäubend, und obwohl Erna gerne gewusst hätte, worüber ihre Eltern gesprochen hatten, wollte sie nicht fragen.

Später saßen alle schweigend am Küchentisch und tranken ihren Abendkaffee. Ernst goss wie immer den letzten Schluck in die Untertasse, schob ein Stück Würfelzucker in den Mund und schlürfte den restlichen Kaffee.

»Ich habe unten beim Fischgeschäft geräucherte Makrele gegessen«, sagte Erna, »und mich mit Fischer Måns unterhalten. Der ist wirklich nett und gutherzig.«

»Ja, er ist wirklich ein netter alter Mann«, pflichtete ihr Viola bei, »und gewitzt ist er auch. Er hätte es weit bringen können, wenn er damals weiter zur Schule gegangen wäre. Ich erinnere mich, dass er ein Ass in Erdkunde war. Er wusste, wo alle Städte liegen, wofür sie bekannt sind und wie viele Einwohner sie haben.«

»Und wozu soll das gut sein?«, wollte Ernst wissen. »Hauptsache, er konnte zählen, wie viele Heringe er im Netz hatte!«

Die anderen übergingen seine Bemerkung.

»Warum hat er die Schule abgebrochen?«, wollte Erna wissen.

»Sein Vater bekam Rheuma und musste die Fischerei an den Nagel hängen. Seine Mutter starb im Kindbett, als sie das ersehnte Mädchen zur Welt brachte. Da musste Måns ran und die Familie ernähren. Er hatte drei jüngere Brüder und die kleine Schwester, die auch nur wenige Wochen alt wurde.«

Ernst fühlte sich ausgeschlossen. In letzter Zeit war ihm aufgefallen, dass seine Kommentare nicht mehr dieselbe Wirkung hatten wie früher. Wenn er sich aufplusterte und ihnen einen Anpfiff erteilte, sahen die Frauen zwar etwas verängstigt aus, redeten dann aber einfach weiter und steckten die Köpfe zusammen, was ihn hochgradig verunsichert hatte.

In der vergangenen Woche, als er nach den beiden Schnäpsen geglaubt hatte, sterben zu müssen, hatte er sich plötzlich sehr einsam gefühlt. Er hatte über sein Leben nachgedacht und manches bereut. Er erinnerte sich an die Stockschläge seines Vaters und sah die verzweifelten Augen seiner Mutter vor sich. Sie hatte nicht eingegriffen, und diese Enttäuschung hatte ihn nachhaltig geprägt. Oft verspürte er Wut, weil Viola immer die Tochter in Schutz nahm, doch mittlerweile hatte er eingesehen, dass seine Wut nicht Viola galt, sondern seiner eigenen Mutter, die ihn nie gegenüber dem Vater verteidigt hatte.

Am liebsten hatte Ernst das Sagen, und er vertrug es nur ganz schlecht, wenn Frauen das Kommando übernahmen. Und dann war auch noch dieser Mann in seinem großen Auto aufgetaucht und hatte nach Erna gefragt … Nein, er wollte seine Tochter beschützen, sonst nichts.

»Noch eine Tasse?«, fragte Ernst plötzlich mit freundlicher Stimme.

Nun war er wieder da, dieser plötzliche Wechsel zwischen Ironie und Freundlichkeit, den Viola nur so schwer vertrug. Als Frau und Tochter ablehnten, wirkte er enttäuscht. Er erhob sich, nahm die Fliegenklatsche von ihrem Haken an der Wand und ließ sie auf dem Küchentisch niedersausen. Vorsichtig hob er eine große Fliege an dem einen Flügel hoch und warf sie in den Müll.

»Was wäre er denn deiner Meinung nach geworden, wenn er die Wahl gehabt hätte?«, fragte Erna ihre Mutter.

»Weiß nicht, aber bestimmt nicht Fischer.«

»Hab ich dich!«, rief Ernst und warf den beiden Frauen einen stolzen Blick zu, als er noch eine Fliege zum Müll trug.

Ganz überraschend spülte er ein paar Töpfe und wischte dann etwas unbeholfen die Spüle ab. Viola und Erna staunten.

Ernst half nur selten bei der Hausarbeit. Viola erwartete das auch gar nicht. Er hatte ja genug anderes zu tun. Vor einigen Jahren hatte sie ihm erklärt, dass er sich, falls er unbedingt mithelfen wolle, bitte schön aufs Abräumen und Spülen beschränken solle. Sie lächelte, als sie daran dachte, wie sie einmal mit Erna in Kristianstad beim Arzt gewesen war. Ernst hatte sich sein Mittagessen selbst machen müssen, und sie hatte ihm extra eine Tütensuppe auf den Tisch gelegt. Allerdings hatte sie vergessen, den Messbecher daneben zu stellen. Als sie mit Erna nach Hause gekommen war, hatte die Küche ausgesehen wie ein Ausstellungslokal für Küchenutensilien. Die Spüle war voller Schneebesen, Kochlöffel, Töpfe und Messlöffel gewesen. Ernst schien alles aus den Schränken genommen zu haben. Er stand mitten im Durcheinander und murmelte: »Was für eine elende Brühe.« Ein 5-Liter-Topf hatte auf dem Herd gestanden, und Viola hatte kurz hineingeschaut: Ihr Mann hatte fünf Liter Wasser statt null Komma fünf Liter verwendet. Ein Starkoch würde er nie werden, so viel war sicher.

Erna ging ans Küchenfenster und machte die kleine Lampe mit dem geblümten Schirm an, die sie einmal bei einer Lotterie gewonnen hatte. Sie schaltete die grelle Deckenlampe aus und warf ihrem Vater einen raschen Blick zu, um zu sehen, wie er reagieren würde. Wenn er schlecht gelaunt war, dann ärgerte es ihn meist, wenn man die Deckenlampe ausmachte. An diesem Abend war ihm jedoch nichts anzumerken. Er hängte die Fliegenklatsche zurück, holte die Räucherwurst aus dem Kühlschrank, schnitt sich eine dicke Scheibe ab und schob sie in den Mund.

Viola trat ans Küchenfenster und zupfte einige welke Blätter aus den Topfpflanzen. Sie nahm ihre Schürze ab und hängte sie wie immer an ihren Haken.

»Gute Nacht.« Erna legte ihrer Mutter eine Hand auf die Schulter, lächelte ihren Vater an und verschwand dann in ihrem Zimmer.

Dort blieb sie hinter der Tür stehen, um zu lauschen, ob ihre Eltern die hitzige Unterhaltung von vorher wieder aufnehmen würden. Aber Ernsts Laune war offenbar umgeschlagen. Erstaunt hörte sie, wie sich die beiden ganz ruhig unterhielten. Sie betrachtete sich im Frisierspiegel und stellte fest, dass ihre Wangen ganz rosig waren. Worüber hatten die Eltern vorhin gesprochen? Über einen Mann in einem Auto, der nach ihr gefragt hatte?

Erna zog die Tagesdecke zurück und schob ihren Teddy beiseite, den sie als Kind an einer Schießbude am Kiviker Jahrmarkt geschossen hatte. Seither saß er auf ihrem Bett, und sie hatte ihn oft umarmt, bevor der Schlaf sie erlöst hatte. Gerade als Erna ihr Nachthemd angezogen hatte und unter die Decke kriechen wollte, sah sie, dass auf dem Kissen ein Brief lag. Sie hob ihn erstaunt hoch. Keine Briefmarke und eine Handschrift, die sie nicht kannte. »Erna zu Händen«, stand in einer kraftvollen Handschrift auf dem Umschlag. Sie hielt ihn etwas unbeholfen in der Hand und lehnte ihn dann gegen den Frisierspiegel.

Ihre Gedanken wirbelten durcheinander. Konnte der

Brief etwas mit der erregten Unterhaltung ihrer Eltern zu tun haben? Mit dem Mann, über den sie gesprochen hatten? Sie kannte niemanden, der ihr einen Brief hätte schreiben können. Vorsichtig begann sie den Brief zu öffnen. Bevor sie den Bogen herauszog, zögerte sie noch einmal.

Liebe Erna,
nach reiflichen Überlegungen habe ich beschlossen, Ihnen ein paar Zeilen zu schreiben. Vielleicht erinnern Sie sich ja gar nicht an mich. Ich weiß nicht, warum ich das tue, aber wir Künstler werden ja oft für verrückt erklärt …

Erna hob den Blick und schaute erstaunt in den Frisierspiegel. Plötzlich fühlte sie sich verunsichert und traurig. Sie kannte keinen Künstler. Sicher jemand, der sich einen Scherz mit ihr erlaubte. Sie dachte daran, wie oft man sie verhöhnt hatte.

Aber irgendwie kam ihr das hier doch echt vor. Sie las zögernd weiter.

Haben Sie die Bücher gelesen, die Sie gekauft haben? Vielleicht erinnern Sie sich an mich, wenn ich Ihnen erzähle, dass ich auf derselben Auktion die Grundlagen der Archäologie erstanden habe. Ich will nicht aufdringlich wirken, aber ich beschäftige mich etwas mit der Geschichte des Dorfes. Sie haben doch die Bücher über die Heimatgeschichte gekauft, und ich wollte fragen, ob ich sie mir wohl von Ihnen ausleihen dürfte. Zufällig habe ich den Namen Ihres Vaters erfahren und nach reiflicher Überlegung beschlossen, diesen Brief bei Ihnen einzuwerfen.

Der Brief klebte an Ernas Händen. Sie atmete stoßweise, und die kleine rosa Schleife, die ihr Nachthemd über dem Busen zusammenhielt, hob und senkte sich im Rhythmus ihrer Atemzüge. Es war kaum zu glauben. Hier saß sie mit einem Brief von dem Mann in der Hand, der sie seit Wochen ständig beschäftigte. Zwar wollte er sie nicht treffen, sondern sich nur ihre Bücher ausleihen, aber so würde sie trotzdem die Möglichkeit bekommen, ihn wiederzusehen und mit ihm zu sprechen.

Wenn Sie wollen, können Sie mich unter der Telefonnummer 0414–13591 *anrufen. Ich wohne in Peder Norrmans ehemaligem Haus. Natürlich würde ich mich sehr freuen, wenn Sie sich meldeten, würde aber auch verstehen, wenn Sie es für unfein und plump halten, dass ich mich so aufdränge.*

Mit freundlichen Grüßen
Börje

Erna las den Brief mehrere Male, bevor sie zu Bett ging. Ihr war klar, dass ihre Mutter ihr den Brief aufs Kopfkissen gelegt hatte. Aber was war vorher passiert? Hatte Börje den Brief einfach in den Postkasten eingeworfen, oder hatte er ihn persönlich abgegeben?

Ihr war klar, dass sie auf ihre Fragen erst am nächsten Tag eine Antwort erhalten würde. Sie wälzte sich im Bett hin und her, strampelte ihre Decke zu Boden, und als es drei Uhr war und sie immer noch nicht eingeschlafen war, musste sie aufstehen und ihr Bett neu machen. Das Laken war zerwühlt und das Kissen schweißnass.

Im ersten Licht der Dämmerung sah sie den Umschlag, den sie wieder an den Frisierspiegel gelehnt hatte. »Erna zu Händen«, las sie und lächelte.

7. Kapitel

Börje ging in der Küche auf und ab. Er bereute es, den Brief abgegeben zu haben. »Idiot«, sagte er laut und trat gegen den Papierkorb. Eine Menge zerknüllter Papiere fielen zu Boden.

»Liebe Erna, ich habe viel an Sie gedacht.« Den ganzen Vormittag hatte er sich den Kopf zerbrochen und einen Brief nach dem anderen geschrieben, nur um ihn in den Papierkorb zu werfen. Noch nie war er sich so unbeholfen vorgekommen, noch nie war ihm etwas so wichtig gewesen. Erst als er auf die Idee gekommen war, die Bücher von ihr auszuleihen, war es ihm wohler geworden. Aber sie war sicher klug genug, um zu begreifen, dass es ihm nicht nur um die Bücher ging. Die konnte er schließlich auch aus der Bücherei besorgen.

Der Umstand, dass der ungehobelte Vater auf seinem Traktor erschienen war, als er den Brief in den Briefkasten stecken wollte, hatte die Dinge nicht gerade vereinfacht. Auch die Mutter war herbeigeeilt, sie hatte allerdings nicht so viel gesagt, sondern ihm nur ein flüchtiges Lächeln geschenkt. Wenn Erna den Brief jetzt nicht bekommen hatte? Wenn der Alte ihn beschlagnahmt hatte?

In diesem Augenblick beschloss Börje, keinerlei Gedanken auf seine Ehre zu verschwenden. Er hatte seiner inneren Stimme Folge geleistet, wie Valborg es ihn gelehrt hatte: »Hör auf deine innere Stimme, mein Junge, dann wirst du nichts bereuen. Einen möglichen Rückfall muss man in Kauf nehmen.«

Börje lachte. Valborg verwendete oft Worte, deren Bedeutung sie nicht kannte. Sie sagte immer Rückfall statt Rückschlag.

Na, wenn schon einen Rückfall, dann aber richtig, dachte Börje lächelnd und goss sich ein Glas Wein ein. Er setzte sich auf die Veranda. Im Licht der Dämmerung wirkte er blass und müde.

Der große Pflanzkübel am Ende der Treppe war immer noch leer. Hierher wollte er die Blumen umtopfen, die er auf der Fensterbank schon vorkultiviert hatte. Er hatte versäumt, sie auszudünnen, sie waren in die Höhe geschossen und von magerem Wuchs. An Blumen hatte er sich schon einige Male versucht, immer mit demselben niederschmetternden Ergebnis. Seine Mutter hingegen besaß einen grünen Daumen. Ihr gelang wirklich alles. Sie schenkte Börje Blumen und Ableger und sagte ihm auch, wie oft man sie zu gießen habe. Aber vor einigen Jahren hatte sie es aufgegeben.

»Ich habe eine Flasche Wein statt einer Topfpflanze mitgebracht«, hatte sie bei ihrem letzten Besuch gesagt, bevor er nach Südschweden gezogen war. »Mir scheint, du hast deinen eigenen Flüssigkeitshaushalt besser im Griff als den der Pflanzen.« Sie hatte das zwar in einem scherzhaften Ton gesagt, aber er hatte an ihren besorgten Augen gesehen, dass er ihrer Meinung nach zu viel trank.

Er war zugegebenermaßen etwas nachlässig, wenn es darum ging, Altglas wegzubringen, und als ihn seine Eltern einmal in Stockholm besucht hatten, war ihnen sein großer Vorrat an leeren Flaschen aufgefallen.

Seit er in Schonen lebte, war es einfacher. Da nahm er das Altglas mit, wenn er einkaufen ging. In Stockholm war alles viel mühsamer gewesen. Dort hatte er die leeren Flaschen vier Stockwerke nach unten und dann zum Auto tragen müssen. Da es oft schwierig war, in der Stadt einen Parkplatz zu finden, hatte er sie dann ein weiteres Mal recht weit vom Auto zum Supermarkt oder zum Altglascontainer tragen müssen. Obwohl Börje erwachsen war, fiel es ihm immer noch schwer, sich kritische Bemerkungen seiner Eltern und vor allem seiner Mutter anzuhören.

Erst als sich die Sonne wie ein großer Feuerball über dem Meer erhob, ging Börje ins Haus.

Am Morgen lächelte Viola ihrer Tochter verschwörerisch zu. Eigentlich wäre Erna ihre Fragen gerne sofort losgeworden, aber ihr Vater saß mit am Tisch, und obwohl er in die Zeitung vertieft war, schien er sie dabei irgendwie zu beobachten. Erna war aufgekratzt, obwohl sie schlecht geschlafen hatte. Vielleicht war das auch der Grund dafür, dass sie dauernd kichern musste. Ihr Vater sah einfach zu lächerlich aus. Sein Körper war reglos, aber sein Kopf bewegte sich wie der einer Eule. Plötzlich hob er eine Pobacke an und ließ einen fahren. Viola verzog das Gesicht, und Erna wagte zu scherzen:

»Da ist wohl ein Gewitter im Anzug, es donnert schon. Habt ihr den Stecker vom Fernseher rausgezogen?«

Ernst wirkte beschämt. Normalerweise genoss er es, die Damen zu schockieren, aber wenn sich Erna über ihn lustig machte, wusste er nicht recht, wie er reagieren sollte. Er senkte seinen Kopf und fuhr mit der Zeitungslektüre fort.

Erst spätnachmittags erwischte Erna ihre Mutter allein.

»Gestern war ein netter Herr hier. Er hat den Brief dagelassen, den ich dir aufs Kopfkissen gelegt habe. Wo hast du den denn kennengelernt?«

So war Viola, freundlich und taktvoll. Sie fragte nicht gleich neugierig nach, was in dem Brief gestanden hatte. Erna erzählte, wie sie Börje im Auktionssaal begegnet war und dass er sich jetzt ihre Bücher ausleihen wollte.

»Etwas anderes wird er doch auch gewollt haben?«, fuhr Viola unaufdringlich fort.

»Er wollte, dass ich ihn anrufe.«

»Wie nett.«

Erna wollte gerade den Brief holen und ihrer Mutter zeigen, als ihr Vater auf der Treppe erschien und seine Holzpantinen auszog.

Er schwankte durch die Küche und musste sich am Tisch abstützen. Erst glaubten sie, er wäre nicht ganz nüchtern, aber dann merkten sie, dass es seine Krankheit war, die bei Überanstrengung stärkere Symptome zeigte.

»Der Brunnen macht mir allmählich Sorgen«, sagte er freundlich, aber mit ängstlichen Augen. »Der Wasserstand sinkt immer weiter. Geht das so weiter, haben wir bald kein Wasser mehr.«

»Aber es hat doch so viel geregnet«, meinte Erna teilnahmsvoll.

»Jeppsson weiter oben am Hang lässt Tag und Nacht die Bewässerung laufen, wer weiß, ob das nicht das Grundwasser beeinflusst.«

»Wir müssen eben Wasser sparen«, meinte Viola.

»Daran hättet ihr mal früher denken müssen. Duschen und mit Wasser herumplanschen tut ihr ja sowieso den ganzen Tag«, sagte Ernst wieder in seinem gewohnt aggressiven Ton.

Als er ins Wohnzimmer gehen wollte, schwankte er wieder bedenklich. Mit kläglicher Stimme sagte er: »Na ja, das wird schon wieder. Erna, hol mir bitte meine Tabletten aus dem Schrank.«

Sie ließ Wasser in ein Glas laufen und reichte ihrem Vater die Tabletten.

»Es ist gut, dass wir dich haben, Mädchen«, sagte Ernst und tätschelte seiner Tochter unbeholfen die Hand.

Erna spürte, wie sich ihr Puls beschleunigte. Sie hatte einen Kloß im Hals. Es war Jahre her, dass ihr Vater etwas Freundliches zu ihr gesagt hatte. Außerdem hatte er sie bewusst berührt, und das hatte sie noch nie erlebt.

»Nun«, sagte Erna mit belegter Stimme, »wenn du deine Tabletten genommen hast, geht es dir bestimmt gleich besser.« Plötzlich tat er ihr leid.

In diesem Moment sprang die Katze auf Ernsts Schoß. Selbst Murran schien zu spüren, dass Ernst an diesem Abend recht guter Laune war. Manchmal hatte er die arme Katze getreten und sie angebrüllt, und sie hatte sich stundenlang unter der Küchenbank verkrochen, ehe sie sich wieder hervorgewagt hatte. Er strich der Katze über das Fell und schloss dabei die Augen.

»Gib dem Katzenvieh ein Stück Wurst, hier gibt es nicht genug Mäuse zum Sattwerden«, sagte Ernst und sah seine Frau an.

Viola lachte, nahm ein Stück Wurst aus dem Kühlschrank und legte es Murran hin.

Von den Tabletten wurde Ernst meist schläfrig, und er legte sich gleich nach dem Abendessen hin.

Als Viola zu den Tieren hinausgegangen war, schlich sich Erna auf ihr Zimmer. Sie nahm den Brief von Börje und ging zum Telefon, begann zu wählen, legte dann aber wieder auf. Dann blieb sie einen Moment stehen und wählte die vollständige Nummer aus dem Brief. Starr und aufrecht stand sie da, während es klingelte.

Börje hackte auf dem Hof Holz. Er hielt inne. Klingelte nicht das Telefon? Er warf die Axt beiseite und eilte, ohne die Holzschuhe auszuziehen, ins Haus. Gerade als er vor dem Telefon stand, hörte es auf zu klingeln.

»Verdammt!«

Den ganzen Tag hatte er darauf gewartet, dass das Telefon klingeln würde. Er war zu Hause geblieben. Obwohl ihm die Milch ausgegangen war, hatte er es nicht gewagt, in den Laden zu gehen, weil er befürchtet hatte, Ernas Anruf zu verpassen. Er war nicht weiter als bis in seinen Garten gegangen und hatte extra das Fenster offen gelassen.

Er setzte sich an den Küchentisch und blätterte planlos in der Zeitung. Sein Blick fiel auf die Rubrik »Kultur in Österlen«, unter der verschiedene kulturelle Veranstaltungen aufgelistet wurden, und er las:

»Donnerstag, 27. Juli, 19 Uhr. Das Königsgrab in Kivik. Museumsdirektor Bo Arvlöw erzählt vom Grab und seiner Geschichte.«

Börje freute sich. Jetzt würde er mehr erfahren und vielleicht auch die Gelegenheit erhalten, Fragen zu stellen.

Erna wagte es nicht, Börje an diesem Tag ein weiteres Mal anzurufen. Es enttäuschte sie, dass er nicht ans Telefon gegangen war. Natürlich hatte sie nicht erwartet, dass er den ganzen Tag neben dem Telefon sitzen würde, aber es war doch ärgerlich, dass sie nichts hatte ausrichten können, wo sie sich doch endlich ein Herz gefasst hatte.

Sie schlief tief und fest und erwachte am Tag darauf sehr ausgeruht. Ihre Eltern frühstückten bereits. Die Stimmung schien gut zu sein. Wenn ihre Mutter traurig, verängstigt oder gestresst war, klammerte sie sich immer an den Zipfeln ihrer Schürze fest, aber an diesem Morgen hatte sie ihre Hände entspannt auf dem Schoß liegen.

»Am Donnerstag ist eine Führung am Königsgrab«, sagte Ernst. »Das Wetter soll ja gut werden. Radel hin, Mädchen, dann musst du nicht nachts dort rumstreunen und dir die Schuhe nass machen.« In seiner Stimme hatte zwar ein gewisser Sarkasmus mitgeschwungen, aber immerhin hatte er ihr eine Aktivität außerhalb der eigenen vier Wände vorgeschlagen.

Er hatte sich in den letzten Tagen verändert. Es war offensichtlich, dass er freundlich zu sein versuchte, selbst wenn sein Ton manchmal etwas zweideutig war. Erna erinnerte sich, dass ihre Grundschullehrerin Berta einmal von einem Schüler erzählt hatte, der betrübt zu Hause erzählt hatte:

»Das Fräulein hat gesagt: ›Du bist schon ein ganz tüchtiger Junge, Algot.‹«

»Das war doch nett«, hatte die Mutter erwidert.

»Na ja, die Worte schon, aber du hättest den Ton mal hören müssen.«

So war das mit Ernst auch, aber sie hatte gelernt, seinen Gesichtsausdruck zu deuten, und konnte in den meisten Fällen sagen, ob er ihr wohlgesonnen war oder nicht.

»Irgendein Museumsdirektor erzählt was darüber«, sagte Viola und schien sich für Erna zu freuen.

»Vielleicht solltet ihr ja mitkommen?«, schlug Erna vor.

»Es ist bald Zeit für das eigene Grab«, meinte Ernst mit schwacher Stimme. »Aber packt bloß nicht so viele Steine auf mich drauf wie beim Königsgrab, denn dann komme ich nicht hoch, falls es doch eine Auferstehung gibt.«

»Was du immer redest. Du musst mit dem Sterben warten, bis wieder mehr Wasser im Brunnen ist«, scherzte Viola, und zum ersten Mal seit Langem lachten alle drei miteinander.

Kein einziges Mal an diesem Tag war der mürrische Ton des Vaters zu hören gewesen. Er schien müde und erschöpft zu sein, aber trotzdem fröhlich. Viola hatte beim Kochen gesummt, und Erna hatte zum Nachtisch die ersten Erdbeeren gepflückt.

Beim Abendkaffee blätterte Erna in der Zeitung.

»Anlässlich der Beerdigung von Landwirt Björn Eriksson sang die Solistin Karin Orrnäs den Choral ›Herrlich ist die Erde‹«, las sie laut. »Stell dir vor, sie ist auf dieselbe Schule gegangen wie ich.«

»Dass sie es wagen, sie bei Beerdigungen auftreten zu lassen«, meinte Ernst. »Bei dem Lärm wachen selbst die Toten auf. Sie hat doch mal bei der Jahresversammlung des Bauernverbands gesungen. Hätten sie nicht Plastikbecher gehabt, dann hätte sie die ganzen Gläser zersungen.«

»Sie ist begabt«, meinte Erna, »und nett. Ich habe sie letztes Jahr mal beim Einkaufen getroffen. Sie ist erfolgreich, aber trotzdem ganz normal.«

»Mag sein, aber auf meinem Begräbnis soll sie jedenfalls nicht singen.«

Ernst hatte während der letzten Wochen oft vom Tod und von Beerdigungen gesprochen, und das machte Viola zu schaffen. Sie beendeten den Abendkaffee schweigend, und bevor Erna auf ihr Zimmer ging, nahm sie ihre Mutter in den Arm. Dann zögerte sie eine Sekunde, ging dann aber auf ihren Vater zu und umarmte ihn ebenfalls.

»Erwürg mich nicht«, sagte er ernst, gab dann aber Erna einen scherzhaften Klatsch auf den Hintern, bevor sie mit leichten Schritten in ihrem Zimmer verschwand.

Der Donnerstag brach an und war wie angekündigt sonnig und schön. Erna hatte es nicht gewagt, sich zu früh zu freuen. Ihr Vater war launisch, und wer wusste schon, ob ihm nicht im letzten Moment etwas einfiel, was sie davon abhalten würde, das Haus zu verlassen. Sie war früh aufgestanden, hatte gemolken, obwohl nicht sie an der Reihe gewesen war, und hatte am Vormittag den Gemüsegarten gejätet. In erster Linie, um ihrem Vater nur ja alles recht zu machen. Besondere Sorgfalt hatte sie auf ihre Kleidung verwendet: Sie trug ihr Volantkleid und die weißen Sandaletten mit dem kleinen Absatz. Außerdem hatte sie versucht, sich ein Band ins Haar zu binden, aber wie immer machte es alles nur noch schlimmer, wenn sie ihre Haare und ihre Kopfform verbergen wollte. »Zumindest ist es frisch gewaschen«, sagte sie laut, als sie einen letzten Blick in den Frisierspiegel warf.

Ihre Eltern saßen am Küchentisch, als sie aus ihrem Zimmer kam.

»Der König ist tot!«, sagte Ernst mit lauter Stimme.

»Welcher König?«, fragte Erna entsetzt.

»Der im Grab. Du brauchst dich also nicht aufzuhübschen, als hätte er dich zum Diner geladen.«

»Ach was«, sagte Erna kichernd und sah ihre Mutter an, die ihr aufmunternd zunickte.

Als sie sich verabschiedet hatte und auf der Küchentreppe stand, fiel ihr ein, dass sie ihre Tasche vergessen hatte. Es kostete zwar vermutlich keinen Eintritt, aber sie war so erzogen worden, immer Geld dabeizuhaben. Deshalb ging sie noch mal hinein und holte ihre weiße Handtasche, die sie vor Jahren bei einer Auktion erstanden hatte.

»Tschüs«, rief sie ihren Eltern zu, als sie sich aufs Fahrrad setzte.

»Vergiss nicht die Geschwindigkeitsbegrenzung, Erna! Das kann teuer werden. Im Ort darf man nur fünfzig fahren«, hörte sie die Stimme ihres Vaters von der Treppe.

Erna fuhr so schnell wie möglich – aus Angst, ihr Vater könnte es sich noch anders überlegen. Erst als sie am Briefkasten und außer Sichtweite war, drosselte sie ihr Tempo.

Sie hatte bei der Gartenarbeit ein bisschen Sonnenbräune abbekommen. Ihre Arme verströmten eine angenehme Hitze, und Erna fühlte sich glücklich und frei.

Obwohl es noch früh war, hatten sich schon viele Leute am Grab versammelt. Sie gingen herum, sahen sich alles an und unterhielten sich. Nicht nur Sommergäste, sondern auch viele Leute aus dem Ort waren gekommen, obwohl die meisten das Königsgrab gut kannten. Erna stellte ihr Fahrrad ab und ging dann auf die Menge zu.

Fischer Måns war da und begrüßte sie freundlich. Da sie allein war und niemanden hatte, mit dem sie sich unterhalten konnte, stellte sie sich in eine Ecke und wartete darauf, dass es anfangen würde. Das Gedränge nahm zu, und schließlich stieg ein Mann auf ein eigens errichtetes provisorisches Podium. Das musste Museumsdirektor Arvlöw sein.

»Herzlich willkommen! Wir stehen an einem historisch bedeutsamen Ort. Dieses Grab ist in vielerlei Hinsicht einzigartig. Es liegt eine umfangreiche Forschung zur Geschichte des Grabes vor, und es gibt unterschiedlichste Deutungen der Bilder auf den großen Steinblöcken der Grabkammer. Darüber hinaus sind viele Sagen überliefert, die das Grab betreffen, aber diese sind nicht wissenschaftlich dokumentiert.«

Erna spitzte die Ohren. Sie erwartete, dass er nun etwas über die Sagen erzählen würde, aber stattdessen beschrieb er, wann das Grab entdeckt worden war und wie man es 1932 restauriert hatte. Alles, was der Museumsdirektor erzählte, hatte Erna schon einmal irgendwo gelesen.

Sie sah sich im Publikum um und entdeckte plötzlich Börje. Er hatte sie offenbar noch nicht gesehen, und sie wollte natürlich nicht gleich auf ihn zustürzen. Sie spürte, wie der Boden unter ihr schwankte, und es fiel ihr schwer, dem Vortrag zu folgen. Ihre Augen waren wie gebannt auf Börje gerichtet. Als dem Museumsdirektor die ersten Fragen gestellt wurden, begegnete sie Börjes Blick. Er bahnte sich rasch einen Weg durch die Menge und stand plötzlich vor ihr.

»Hast du meinen Brief bekommen?«, fragte er etwas atemlos.

»Ja, ich habe auch angerufen, aber es ist niemand …«

»Ich war gerade draußen und habe Holz gehackt …«

»Dann habe ich mich nicht getraut, noch mal anzurufen, weil …«

»Ich habe den ganzen Tag gewartet, dass du dich noch mal meldest, aber …«

»Du hättest doch nicht zu warten brauchen …«

»Ich wollte aber …«

Eine ganze Weile ließen sie den anderen gar nicht ausreden, dann aber verstummten sie gleichzeitig.

»Nett, dich wiederzusehen«, sagte Börje schließlich. »Ich wusste schon im Auktionssaal, dass es so kommen würde.«

»Ach«, sagte Erna und hörte selbst, wie dumm das klang.

»Es geht mir nämlich nicht nur um die Bücher, ich wollte dich auch wiedersehen.«

»Pst«, sagte jemand neben ihnen. »Können Sie nicht leise sein, damit wir was hören können?«

»Setz dich hierher«, flüsterte Börje und legte seinen Pullover auf die Erde.

Erna nahm vorsichtig Platz, und Börje setzte sich neben sie. Sie spürte die Wärme seines Körpers und klammerte sich an ihre Handtasche.

»Es heißt, wenn sich ein Paar bei Vollmond in der Grabkammer liebt, heben sich die Steine und bilden einen Steinhimmel«, wisperte Börje. »Dann währt die Liebe ewig. Das haben die alten Männer am Hafen gesagt.«

»Oh«, erwiderte Erna laut.

»Frierst du?«, flüsterte Börje.

Erna schüttelte den Kopf, und sie setzten ihre Unterhaltung fort, ohne dem Museumsdirektor zuzuhören. Nach einer Weile hörten sie, wie sich Arvlöw für die Aufmerksamkeit bedankte und dass geklatscht wurde. Die Menge ging rasch auseinander, und wenig später saßen sie allein auf der Wiese.

»Es ist kalt«, sagte Börje. »Darf ich dich auf eine Tasse Kaffee oder ein Glas Wein zu mir nach Hause einladen?«

»Das wäre nett, ich weiß aber nicht ...«

Börje legte ihr einen Arm um die Schultern, und ihre Angst war wie weggeblasen.

»Na gut, ein Stündchen.«

Während sie die Wiese überquerten, um zur Straße zu gelangen, musterte sie Börje unauffällig. Er war lässig und sportlich gekleidet. Plötzlich kam sie sich in ihrem Volantkleid, ihren Sandaletten und mit ihrer weißen Handtasche lächerlich und bieder vor.

Die Ermahnungen ihrer Mutter, die den Umgang mit fremden Männern betrafen, hallten ihr in den Ohren wider, doch sie empfand Börje nicht als jemanden Fremden – schließlich hatte er so lange in ihren Gedanken gelebt. Trotzdem beschlich sie eine leichte Unsicherheit.

»Sie betäuben ihre Opfer, und dann passiert es«, hatte ihre Mutter gesagt, »und anschließend können sie sich an nichts erinnern.«

Erna erinnerte sich noch, wie böse ihr Vater geworden war, als ihr Viola diese Schaudergeschichte aufgetischt hatte.

»Jetzt hör aber auf, Viola, wir wohnen doch nicht in Stockholm«, hatte Ernst gesagt.

Die Ermahnungen ihrer Mutter verfolgten Erna bis zu Börjes Haus.

»Ich wohne noch nicht so lange hier, deshalb ist noch

nicht alles fertig«, entschuldigte er sich, als sie in die Küche traten.

»Hier ist es wirklich nett!«, sagte Erna aufrichtig und sah sich um.

Wenig später saßen sie beide an dem kleinen Küchentisch. Börje hatte eine Kerze angezündet und schenkte Wein ein.

»Hast du deine Bücher schon gelesen?«, fragte er.

»Nicht alle. Sie sind aber interessant«, antwortete Erna und versuchte ihren Kopf in den Händen zu verbergen.

»Skål, Erna«, sagte Börje. »Auf die Bücher, das Königsgrab und den Sommer in Österlen.«

»Skål«, erwiderte Erna verlegen, lächelte und nippte vorsichtig an dem Wein. Sie erinnerte sich nicht, wann sie zuletzt Wein getrunken hatte. Vielleicht am 25. Geburtstag ihrer Cousine? Der Wein war sauer gewesen und hatte ihr nicht geschmeckt. Börjes Wein jedoch war fruchtig und lecker.

Es kam ihr so unwirklich vor, bei Börje zu sitzen, der ihre Gedanken so viele Wochen beherrscht hatte. Sie war es eigentlich auch nicht gewohnt, mit Gleichaltrigen zu sprechen.

»Ich habe einen alten Liebesbrief in den Büchern gefunden«, sagte Börje. »Ich glaube, das Paar hat sich heimlich am Königsgrab getroffen.«

»Ich weiß«, erwiderte Erna eifrig, »ich habe in einem meiner Bücher auch einen Brief gefunden.« Dann erzählte sie ihm davon und von alldem, was man ihr über Rektor Påhlsson und seine Geliebte erzählt hatte.

»Man stelle sich vor«, sagte Börje. »Glaubst du eigentlich an die Sache mit dem Steinhimmel, Erna?«

Die Zeit verging wie im Flug. Erna erzählte Börje alles mögliche Wissenswerte von dieser Gegend. Er hörte ihr interessiert zu und warf ab und zu eine Frage ein.

Am meisten aber sprachen sie natürlich über das Königsgrab, dessen Geschichte und Sagen sie beide faszinierten.

»Du weißt wirklich viel, Erna. Weißt du, dass du etwas ganz Besonderes bist? Das war mir schon nach unserer ersten Begegnung klar. Obwohl sie nur wenige Minuten dauerte, habe ich gespürt, dass du eine Tiefe besitzt, die mir bei den meisten anderen Menschen fehlt.«

Börje beugte sich über den Tisch und nahm Ernas Hand. Sie zog sie rasch an sich. Dann setzten sie ihre Unterhaltung fort. Sie entdeckten viele Gemeinsamkeiten: Erna erzählte von ihren Träumen und davon, dass sie schrieb und heimlich malte. Es beeindruckte sie, als Börje ihr von seinem Studium erzählte und ihr seine Werke zeigte. Sie war so vertieft in die Unterhaltung, dass sie nicht merkte, dass das Weinglas leerer wurde und Börje ihr nachschenkte.

»Hier will ich mein Atelier einrichten«, sagte Börje und öffnete die Tür der Rumpelkammer, in der es inzwischen richtig ordentlich aussah.

»Oh!«, sagte Erna und sah sich um.

»Du kannst hier malen und schreiben, wenn du willst.«

»Aber ich kann doch gar nichts, das ist nur so ein Zeitvertreib.«

»Natürlich kannst du, Erna, da bin ich mir ganz sicher«, meinte Börje und umarmte sie. Erna hatte das Gefühl, jemand anderes zu sein. Das konnte einfach nicht sie sein – sie, Erna Henningsson mit den weißen Sandalen.

Gleichzeitig verwirrte es sie auch ein wenig, dass sie so viel von sich erzählt hatte. Das war so gar nicht ihre Art. Der Gedanke daran, wie ihr Vater reagieren würde, wenn sie so spät nach Hause kam, ließ sie nicht los, und es fiel ihr schwer, sich zu entspannen.

»Jetzt muss ich aber nach Hause«, sagte sie schließlich, und plötzlich hatte die Wirklichkeit sie wieder eingeholt. Sie sah ihren Vater am Küchentisch sitzen, verärgert, mürrisch und mit tausend Fragen, die sie nicht beantworten konnte.

»Du musst wiederkommen, versprich mir das«, fuhr Börje fort, und ihr war klar, dass er das ernst meinte.

»Ich melde mich«, sagte Erna. »Ruf nicht an, du verstehst schon …«

»Mir ist klar, dass dein Vater dich nicht loslassen will, und ich verstehe ihn. Wärst du mein, dann würde ich das auch nicht wollen.« Er strich ihr behutsam über die Wange, und sie verspürte nur den einen Wunsch: sich in seine Arme zu werfen.

Die Nacht war kühl, und sie war beschwingt von dem Wein. Es hätte noch so viele Dinge gegeben, über die sie mit ihm hätte sprechen wollen.

Als sie zu Hause auf den Vorplatz fuhr, sah sie erstaunt, dass es drinnen schon dunkel war. Auf leisen Sohlen trat sie ein.

Obwohl sie müde war, konnte sie nicht schlafen. Immer und immer wieder ließ sie den Abend Revue passieren. Sie war in ihrem bisherigen Leben noch nicht vielen Männern begegnet, aber die waren alle eher oberflächlich und egozentrisch gewesen. Börje hingegen schien sich für alles zu interessieren, was sie zu erzählen hatte. Er hatte gesagt, sie sei klug und besitze Charisma. Vor wenigen Wochen erst war ihr dieses Wort in einem Kreuzworträtsel begegnet, und sie hatte es nachschlagen müssen. Deshalb war sie jetzt ein bisschen stolz gewesen – zum einen, weil sie gewusst hatte, was das Wort bedeutete, zum anderen natürlich, weil er ihr Charisma zuschrieb.

Sie hatte viele Fragen gestellt, und Börje hatte ihr einen Teil seiner Töpferproduktion gezeigt. Erna hatte sich bei Börje wohlgefühlt, auch die Einrichtung des Hauses hatte ihr gefallen. Sie hatten unzählige gemeinsame Gesprächsthemen. Bei ihrem nächsten Treffen wollten sie sich die Briefe ansehen, die sie in den Büchern gefunden hatten. Erna freute sich schon darauf, war aber auch ein bisschen unruhig, was ihre Eltern wohl sagen würden. Sie hatten noch keinen Termin vereinbart – Erna sollte selbst entscheiden, wann sich eine passende Gelegenheit bot.

Am nächsten Morgen lauschte Erna den Stimmen in der Küche. Sie wollte wissen, ob ihr spätes Nachhausekommen zu Verärgerung und harten Worten zwischen ihren Eltern geführt hatte. Zwar hörte sie, dass sich die beiden in der Küche aufhielten, aber sie sprachen kaum miteinander. Die wenigen Worte, die gewechselt wurden, klangen jedoch ruhig. Erna sammelte sich, bevor sie die Tür öffnete.

»Guten Morgen«, sagte sie freundlich.

»Bist du schon zu Hause, Mädchen. Ich dachte, du seist damit beschäftigt, den König auszugraben.«

Erna wusste nicht recht, wie sie die Worte deuten sollte. Die Stimme ihres Vaters klang ziemlich normal, was sie erstaunte. Aber so war es manchmal. Das Donnerwetter konnte irgendwann im Laufe des Tages losbrechen.

Es wurden keine Fragen gestellt, was Erna teils erleichterte, teils aber auch ein wenig enttäuschte. Sie wusste, dass ihre Mutter neugierig war, aber keinen Streit über den Vorabend vom Zaun brechen wollte.

Es wurde ein langer Tag. Es regnete unablässig, und alle drei waren mit ihren Dingen beschäftigt. Am Nachmittag setzte sich Ernst an seinen Schreibtisch, während Viola Arbeitskleidung flickte. Erna nahm sich einen Block und den Kohlestift aus dem Kasten, den ihre Mutter seinerzeit für sie gekauft hatte. Sie suchte in einem der Heimatkundebücher ein Foto des Königsgrabes heraus, lehnte das aufgeschlagene Buch an den Blumentopf auf dem Küchentisch und begann mit einer Skizze.

Das Radio auf dem kleinen Bord lief, ohne dass jemand wirklich zugehört hätte. Obwohl Ernst anfangs behauptet hatte, das neue Radio dürfe nicht verwendet werden, hatte er seine Tochter irgendwann gebeten, ihm den richtigen Sender einzustellen. Erna hatte sich gefreut und war stolz gewesen. Zu einer Diskussion über das neue Radio war es dann nicht mehr gekommen, es stand an seinem Platz und wurde benutzt wie das alte, das Erna in den Schuppen neben dem Stall gebracht hatte, wo sie Dinge aufbewahrten, die nicht mehr verwendet wurden.

Erst als es Zeit für den Wetterbericht war, kam Ernst wieder in die Küche. »Still, sonst höre ich nichts.«

»Meine Güte, wir haben schon seit einer Viertelstunde nichts mehr gesagt«, erwiderte Viola verärgert.

»Hast du nicht gehört, dass ich um Ruhe gebeten habe«, fauchte Ernst.

Erna riss ein Blatt von ihrem Block, knüllte es mit einem Seufzer zusammen und begann von Neuem. Schließlich legte sie den Kopf schief, kniff die Augen zusammen und betrachtete das Resultat. Dann drehte sie das Bild in die Richtung ihrer Mutter.

»Ach, Erna, das ist aber hübsch. Du solltest etwas öfter zeichnen«, sagte Viola.

Der Wetterbericht war vorbei, und Ernst war wieder auf dem Weg zu seinem Schreibtisch. Er machte einen Umweg, um einen raschen Blick auf Ernas Zeichnung zu werfen.

»Gar nicht so übel«, sagte er erstaunt, und Erna wurde hochrot.

»Aber einen Steinhaufen zu zeichnen ist vermutlich nicht so schwer.«

Dass er nie unumwunden zugeben konnte, dass etwas gut war! Immer kam auch noch etwas Negatives hinzu, wodurch die Freude getrübt wurde.

»Mach's doch selbst, dann siehst du, wie leicht das ist«, sagte Viola enttäuscht.

»Ich habe doch gesagt, dass das gar nicht so übel ist. Und es ist besser, einen Block vollzumalen als Briefkästen und Gartensteine.«

»Ich male nicht«, sagte Erna. »Ich zeichne.«

»Malen oder zeichnen, das ist doch scheißegal«, meinte Ernst, und man merkte, dass er sich über die Zurechtweisung ärgerte.

Später hörte der Regen auf, und Ernst ging in den Stall.

»Wie war es gestern?«, fragte Viola, sobald Ernst die Küchentür hinter sich geschlossen hatte.

»Interessant. Es waren wirklich viele Leute da.«

Viola wusste, dass da noch etwas war. Erna war spät

nach Hause gekommen und hatte den ganzen Tag so geheimnisvoll gewirkt.

»Hat es so lange gedauert?«

»Nein. Der Mann, der den Brief für mich abgegeben hatte, hat mich zu sich nach Hause eingeladen.«

»Aber du kennst ihn doch gar nicht, Erna. Da musst du vorsichtig sein.« Aber in erster Linie freute Viola sich für Erna.

»Wir wollen uns wiedersehen.«

»Na, na. Immer mit der Ruhe, nur nichts überstürzen.« Violas Blick war auf einmal ein wenig wehmütig. Erna wusste, dass ihre Mutter mit Bangen dem Tag entgegensah, an dem sie ihr Elternhaus verlassen würde.

»Wir wollen uns ja nur treffen«, beruhigte Erna sie, als sie den besorgten Blick ihrer Mutter sah. Dann erzählte sie von Börje und seiner Kunst.

»Es gibt so viel, worüber wir uns unterhalten können. Er ist intelligent, ist weit gereist und hat so viel erlebt.«

Erna erzählte ihrer Mutter alles. Die hörte interessiert zu und unterbrach sie nicht, sondern ließ Erna in ihrem eigenen Tempo erzählen. Viola fand, Erna sollte sich erst einmal einige Male mit Börje verabreden, ehe sie Ernst etwas erzählte. Sie hielt es für unnötig, den Dritten Weltkrieg vom Zaun zu brechen, falls Erna ohnehin irgendwann keine Lust mehr haben würde, Börje weiter zu treffen.

Erna wusste bereits jetzt, dass dieses Risiko mikroskopisch klein war. Sie wollte ihn treffen, solange er Lust hatte, sie zu treffen. Plötzlich sah sie traurig aus. Sie dachte an ihr Aussehen. Vermutlich würde er bald das Interesse an ihr verlieren.

Viola erzählte, dass sich ihr Vater den ganzen Abend Sorgen gemacht hatte. Unentwegt war er aufgestanden und hatte aus dem Fenster auf die Landstraße geschaut. »Wo sie nur bleibt?«, hatte er mehrere Male gefragt. Er war nicht böse gewesen, obwohl es schon so spät gewesen war, sondern nur besorgt. Viola meinte, es sei geradezu rührend gewesen.

Der restliche Abend verlief ruhig. Als sie ins Bett ging, war es draußen noch hell, und Erna vergrub ihren Kopf im Kissen, um von der Dunkelheit umgeben zu sein. Es war, als könnte sie ihre Gedanken besser festhalten, wenn es dunkel war.

Wo sie nur bleibe, hatte ihr Vater wissen wollen. Ja, es waren nicht nur Börjes Worte, die sie in ihrem Herzen bewahren wollte, sondern auch die ihres Vaters. Er hatte sich ihretwegen Sorgen gemacht, und das erzeugte in ihr beinahe gute Laune.

8. Kapitel

Am nächsten Freitag musste Ernst nach Simrishamn zum Arzt. Viola wollte mitfahren, um bei dieser Gelegenheit Nähfaden zu kaufen. Frau Einarsson war mit dem Kleid hochzufrieden gewesen, und auch Viola fand insgeheim, dass das Ergebnis gut war. Nur ein Detail machte ihr zu schaffen: Als drei Zentimeter vom Saum übrig gewesen waren, war der Faden plötzlich zu Ende gewesen. Sie hatte zwar einen in einer ähnlichen Farbe gefunden, und der Saum wurde ja ohnehin von Hand genäht und so, dass die Naht nicht zu sehen war, aber trotzdem hatte Viola das Gefühl, das Kleid sei nicht ganz perfekt. Deshalb wollte sie mit in die Stadt fahren und ihren Vorrat an Nähfaden ergänzen. Erna fuhr für gewöhnlich gerne mit in die Stadt, aber jetzt ließ sie sich eine Ausrede einfallen.

»Ich habe Kopfschmerzen und bleibe zu Hause«, sagte sie mit Nachdruck, um nicht genötigt zu werden. Ernst sah misstrauisch aus, aber Viola blinzelte ihr zu, und Erna war klar, dass sie etwas ahnte.

Kaum war das Auto außer Sichtweite, ging sie mit raschen Schritten wieder ins Haus. Sie lehnte sich ans Küchenfenster und schaute auf die Landstraße, um sicherzugehen, dass ihre Eltern nicht umkehrten, weil sie etwas vergessen hatten.

Börje saß am Schreibtisch und schrieb eine Einkaufsliste.

Er wollte in den Baumarkt, um Fußleisten und Farbe zu kaufen. Endlich sollte das Atelier fertig werden. Die Töpferscheibe war schon aufgestellt, und bei einem Trödler hatte er ein paar Lagerregale gekauft. Er hatte sie in einem meerblauen Farbton gestrichen und dann die fertigen und halb fertigen getöpferten Krüge und Teller darin aufgebaut. In der einen Ecke des Zimmers stand ein Schrank, in dem er Arbeitsmaterialien aufbewahrte. Gerade war er dabei, eine Arbeitsplatte zu tischlern, die eine Längswand des Raums einnehmen würde. Unter dem alten Linoleum war zu seiner Freude ein schöner Holzboden zum Vorschein gekommen. Er hatte viele Stunden damit verbracht, ihn abzuschleifen. Jetzt fehlten nur noch die Fußleisten und Farbe für das Fenster. Dann war alles fertig. Jedenfalls, bis er wieder mehr Geld hatte. Gerade als er sich erheben wollte, klingelte das Telefon. Er stürmte zum Hörer und meldete sich.

Erna zuckte zusammen. Auf eine derart rasche Antwort war sie nicht vorbereitet gewesen.

»Hallo. Hier ist Erna.«

»Hallo, wie schön, dass du anrufst.«

Sie verabredeten, dass Erna die Bücher bei ihm vorbeibringen würde, obwohl Erna klar war, dass sie nicht vor ihren Eltern wieder zu Hause sein würde.

Sie legte die Bücher in einen Stoffbeutel und nahm den Notizblock vom Telefonbord. Sie wollte ihren Eltern einen Zettel schreiben, damit sie sich keine Sorgen machten. Unruhig fingerte sie an dem Zettel herum, schrieb und radierte wieder aus. Zwanzig Minuten später lehnte sie den Block mit der Nachricht an den Blumentopf auf dem Küchentisch.

Sie stellte ihr Fahrrad vor Börjes Zaun ab. Bevor sie den Garten betrat, schaute sie die Dorfstraße entlang. Sie hatte Angst, dass jemand sie sehen könnte, denn dann wäre das Gerede im Gange, und ihr Vater würde alles erfahren.

Börje kam lächelnd auf sie zu. Sie folgte ihm in die Küche.

»Hätte ich gewusst, dass du heute kommst, dann hätte ich etwas aufgeräumt.«

»Ach was, hier sieht's doch schön aus.« Erna hängte den Stoffbeutel an einen Stuhl.

Börje schob ein paar Sachen auf dem Tisch beiseite und bedeutete ihr, sich zu setzen. Dann ging er zum Schreibtisch und holte den Brief. Währenddessen packte Erna ihre Bücher aus und legte ihren Brief daneben. Sie schwiegen beide. Börje wirkte nervös. Er setzte Wasser für Kaffee auf und stellte zwei große Tontassen auf den Tisch.

»Ich hoffe, der Kaffee ist besser als diese Becher«, meinte er. »Ich habe sie vor vielen Jahren getöpfert. Sie sind zwar nicht schön, aber es lässt sich gut daraus trinken.«

Erna nahm den Becher und drehte ihn hin und her. Er war wirklich etwas schief, und die Glasur war seltsam zerlaufen.

»Mir gefallen sie«, sagte sie.

Während sie auf den Kaffee warteten, lasen sie die Briefe und unterhielten sich angeregt über ihren Inhalt. Börje erzählte, was ihm die alten Männer am Hafen von Algo berichtet hatten, nämlich dass er mit einer Frau in der Grabkammer gelandet sei und sich dann ewig mit ihr habe abquälen müssen. Erna lachte und berichtete dann von Rektor Påhlsson und seiner Frau Marta.

»Hast du die beiden gekannt?«

»Kennen ist zu viel gesagt, aber ich wusste, wer sie waren.«

»Erzähl! Wie waren sie?«

»So gut habe ich sie auch wieder nicht gekannt, aber etwas speziell waren die beiden schon. Das fanden alle. Ein bisschen langweilig, sie sind meist für sich geblieben. Hätte ich diese Briefe nicht selbst gesehen, dann hätte ich nie geglaubt, dass Egon Påhlsson sie geschrieben hat.«

Börje hörte interessiert zu.

»Der Brief hat mich so neugierig gemacht, dass ich dann eines Nachts mein Fahrrad genommen habe und zum Grab gefahren bin«, fuhr Erna fort. »Es gab ein wahnsinniges Gewitter. Und ich habe vor dem Donner und dem Regen Schutz gesucht. Plötzlich klang es so, als würde ein Stein in Bewegung geraten. Ich habe wahnsinnige Angst bekommen. Dann sah ich einen Mann weglaufen und auf einem Fahrrad verschwinden.«

»Meine Güte, Erna! Das kann doch nicht wahr sein.«

»Doch. Nass und völlig verängstigt bin ich dann nach Hause geradelt.«

Börje ging auf Erna zu und umarmte sie. Lange standen sie da.

»Meine Kleine«, flüsterte er. »Ganz allein in der Dunkelheit.« Er wiegte sie hin und her, und sie kam sich wie ein kleines Kind vor, das getröstet wird. »Ich war das, Erna, ich habe auf der anderen Seite des Grabes Schutz gesucht und bin später mit dem Rad weggefahren. Wenn ich das doch nur gewusst hätte. War ja auch nicht so schlau, bei so einem Wetter durch die Gegend zu radeln.«

»Warst du das wirklich ...«

Mehr konnte sie nicht sagen, denn Börje gab ihr einen leidenschaftlichen Kuss. Erna erstarrte zuerst, aber bald erwiderte sie ihn. Es war, als könnten sie gar nicht voneinander lassen. Erna hatte Tränen in den Augen und lächelte. Sie hatte sich so oft gefragt, wie es wohl wäre, richtig geküsst zu werden. Sie hatte sich auch Sorgen gemacht, selbst vielleicht nicht küssen zu können, falls es jemals dazu kommen sollte. Jetzt stand sie plötzlich in Börjes Küche, frisch geküsst, und hatte selbst dabei mitgewirkt, als hätte sie nie etwas anderes getan. Das war schon seltsam.

Börjes Augen glänzten. Er holte den Kaffee und goss ein. Dann saß er einfach schweigend da und sah ihr tief in die Augen.

»Ich war eine Zangengeburt«, sagte Erna auf einmal.

»Aha«, erwiderte er etwas erstaunt. Dieses Gesprächsthema hatte er jetzt nicht erwartet.

»Na ja, deswegen sehe ich so merkwürdig aus.« Sie deutete auf ihre Haare und war erleichtert, es endlich ausgesprochen zu haben.

»Ich finde dich schön, Erna. Deine Augen sind so klar, und deine Lippen sind so voll und einladend. Deine Haare sind auch etwas Besonderes, fast so wie die Schwanzfedern eines Pfaus. Ich habe schon oft daran gedacht. Bei unserer letzten Begegnung hätte ich gerne dein Haar gestreichelt.«

Jetzt kamen die Tränen, heftig wie ein Sturzbach im Frühling. Sie schämte sich. Börje sah entsetzt aus.

»Habe ich etwas Dummes gesagt?«

»Nein«, schniefte Erna, und dann erzählte sie, wie sehr sie wegen ihres Aussehens verspottet worden war.

»Mein kleiner Pfau«, sagte er zärtlich und ergriff ihre Hand. Erna schnäuzte sich, und es war fast so, als würde sie sich damit aller alten Kränkungen entledigen. Sie fühlte sich schwerelos und glücklich.

»Die Blumen sehen auch etwas kläglich aus«, meinte Erna und deutete, um das Thema zu wechseln, auf die Fensterbank.

»Ich hätte sie schon lange ins Freie umtopfen sollen. Der Blumenkübel steht schon draußen.«

Erna stand auf, nahm die Pflänzchen, ging in den Garten und begann sie in den Kübel zu pflanzen. Als sie sie mithilfe eines Stöckchens hochgebunden hatte, sahen sie schon viel besser aus, es waren sogar schon ein paar Knospen zu erkennen. Börje genoss es, Erna dabei zuzusehen, wie sie sich mit den Blumen beschäftigte.

Erst als es zu dämmern begann, radelte Erna heimwärts. Der Abschied war ihnen schwergefallen, und sie hatten vereinbart, sich so bald wie möglich wieder zu treffen.

Es war schon recht spät, und Erna war klar, dass ihre Eltern schon lange wieder zu Hause waren. Er kann nicht noch wütender werden, als er es ohnehin schon ist, dachte sie. Ich fahre noch rasch beim Kurhotel in Vitemölla vorbei, um mir die Pendeluhr anzusehen, die sie auf der Auktion gekauft haben.

Es war kein Umweg, aber etwas unheimlich war es schon, um diese Tageszeit am Meer entlangzuradeln. Keine Menschenseele weit und breit und keine Straßenlaternen, doch zum Glück hellte der weiße Sandstrand die Dunkelheit ein wenig auf. Als sie beim Hotel eintraf, stellte sie ihr Fahrrad auf der gegenüberliegenden Straßenseite ab. Nur die kleinen Lämpchen in den Fenstern des Hotels brannten. Offensichtlich war geschlossen, aber Erna ging trotzdem auf das Gebäude zu. Sie legte die Hände neben die Augen und spähte durch eines der Fenster. Es dauerte ein paar Sekunden, bis sie sich an das Dunkel im Inneren des Hauses gewöhnt hatte und etwas sehen konnte. Nachdem sie eine Weile durch das Fenster gestarrt hatte, konnte sie feststellen, dass die Uhr nicht in diesem Zimmer hing. Da knarrte es neben ihr, und sie erstarrte vor Schreck. Dann sah sie eine Katze, die über die Straße lief. Sie beschloss, auf die Rückseite des Hauses zu gehen. Dort standen ein paar leere Getränkekisten, aber im Übrigen war es dunkel und leer. In einem der kleinen Fenster brannte Licht, und da das Fenster so weit oben war, schob sie einen der Getränkekästen darunter und stellte sich darauf. Der Boden war uneben, und sie stand schwankend auf ihrem Untersatz.

Plötzlich wusste sie nicht mehr, warum sie dort stand. Alles kam ihr lächerlich vor. Sie wollte einfach nur die Uhr schlagen hören, aber selbst wenn sie sie hinter irgendeinem der Fenster entdecken sollte, dann hieß das noch lange nicht, dass sie auch läuten würde. Vielleicht hat mich dieser Kuss so verwirrt, dachte sie und kletterte von der Kiste herab, ohne überhaupt einen Blick durchs Fenster geworfen zu haben.

Auf einmal hörte sie, dass auf der Straße ein Auto hielt. Eine Autotür wurde geöffnet und wieder geschlossen, dann näherten sich Schritte. Sie sprang rasch von der Kiste und verschwand hinter ein paar Büschen. Ihr Herz pochte heftig.

Ein Mann in schwarzen Kleidern war aus dem Auto gestiegen. Jetzt sah er sich um, dann ging er einen Schritt auf die Büsche zu, hinter denen Erna kauerte. Sie befürchtete, er könnte ihren Herzschlag hören. Er beugte sich vor, und sie hätte ihn berühren können, wenn sie die Hand ausgestreckt hätte. Plötzlich geriet sie wieder in diese seltsame Gemütsverfassung zwischen Lachen und Weinen, eine Art Hysterie, die sich irgendwie Luft verschaffen musste. Sie wusste, dass sie sich verraten würde, und vermutete, dass der Mann nichts Gutes im Schilde führte ... Erna schloss die Augen und kniff sich in die Hände, um ruhig zu bleiben.

Der Mann hob etwas vom Boden auf. Dann ging er auf das Hotel zu. Einen Augenblick hielt er inne, und Erna sah, dass er einen großen Stein in der Hand hielt. Plötzlich klirrte es. Das Fenster war zerschlagen, und der Mann zog ein paar Glasscherben aus dem Rahmen.

Erna dachte fieberhaft nach. Sie wagte nicht einzugreifen, aber sie wollte versuchen, sich das Gesicht des Mannes anzusehen, um der Polizei eine gute Personenbeschreibung liefern zu können. In diesem Augenblick ging ihr auf, wie bizarr die Situation war. Wie sollte sie der Polizei erklären, dass sie zum aktuellen Zeitpunkt in den Büschen hinter dem geschlossenen Hotel gesessen hatte? Sie sah den Mann durch das Fenster klettern. Nun hatte sie etwas Zeit, um nachzudenken. Wenn die Polizei den Mann nicht erwischte, würde man ihr nicht glauben. Ihr war klar, dass es sich um einen Einbrecher handelte. Trotz ihrer Aufregung war ihr aufgefallen, dass er Handschuhe trug. Aber von ihren Fingerabdrücken müssten da jede Menge sein, fiel ihr blitzartig ein. Wenn Börje doch nur hier wäre, dachte sie kläglich. Was würde er von ihr denken, wenn die Polizei sie plötzlich zu einer Vernehmung abholte? Tränen liefen ihr über die Wangen. Derart gelähmt war sie vor

Schreck, dass sie nicht einmal die Hände heben konnte, um sie wegzuwischen. Sie schaute umher, um einen Gegenstand zu finden, mit dem sie zuschlagen konnte, da sah sie, wie der Mann versuchte, wieder aus dem Fenster zu klettern. Er trug einen Sack. Sie erhaschte noch einen kurzen Blick auf sein Gesicht, dann wurde alles um sie herum schwarz.

Ernst und Viola waren nur kurz in der Stadt. Als sie auf den Hof fuhren, sah Ernst sofort, dass Ernas Fahrrad nicht dort stand.

»Kaum dreht man sich um, schon ist die Hölle los«, sagte er und bremste abrupt auf dem Vorplatz. Normalerweise fuhr er immer direkt in die Garage.

»Gönn ihr doch ein eigenes Leben, Ernst«, erwiderte Viola resigniert.

»Immer ist was los. Was hat sie wohl jetzt wieder ausgeheckt?« Er rannte die Küchentreppe hoch und griff nach dem Schlüssel, der an einem Nagel hinter der Regenrinne hing. Als Viola in die Küche kam, las er bereits den Zettel.

Hallo!
Mir geht's schon wieder besser. Ich mache eine kleine
Fahrradtour. Vielleicht fahre ich an den Strand
zum Schwimmen. Das Wetter ist so schön. Macht
Euch keine Sorgen, falls es etwas später werden sollte.
Erna

»Diese Kopfschmerzen waren wirklich rasch vorbei«, grummelte Ernst. »Schwimmen! Das hat sie doch seit fünf

Jahren nicht mehr gemacht, und das Wasser hat auch nur fünfzehn Grad.«

»Sie macht, was sie will, Ernst. Sie ist vierunddreißig.«

»Aber solange sie unter unserem Dach wohnt …«

»Lange wird sie das eh nicht mehr tun, so wie du dich aufführst.«

Ernst stutzte. Er sagte nichts, aber in seinen Augen stand das blanke Entsetzen. Den ganzen Nachmittag war er rastlos, und als es zu dämmern begann, ging es ihm richtig schlecht. Er atmete stoßweise und schwankte einige Male. In regelmäßigen Abständen schaute er durch das Fenster auf die Landstraße hinaus und sagte jedes Mal:

»Es wird unserem Mädchen doch nichts zugestoßen sein?«

»Sie ist alt genug, um selbst auf sich aufzupassen«, sagte Viola dann.

Erna hustete. Sie hatte Sand um den Mund und fror in der Dunkelheit und Kälte. Vorsichtig richtete sie sich auf und sah sich um. Als sie das Hotel und das kaputte Fenster erblickte, schloss sie wieder die Augen – sie wollte nichts sehen, wollte nur vergessen. Ihr war klar, dass sie ohnmächtig geworden und dass der Mann verschwunden war.

Mit zitternden Knien ging sie zur Straße zurück. Gerade als sie sie überqueren wollte, kam ein Auto. Die Scheinwerfer blendeten sie. Und wenn sie jetzt jemand erkannt hatte?

Viola wollte gerade den Abendkaffee aufsetzen, als Ernst so laut aufschrie, dass Viola die Kanne, die sie mit Wasser hatte füllen wollen, an sich zog. Der Wasserstrahl traf auf die Kante und spritzte sie nass.

»Jetzt kommt sie, Viola! Ich sehe sie unten auf der Landstraße. Ich hab's ja gewusst, dass ihr nichts zugestoßen ist.« Dann schien ihn sein spontaner, lauter Ausruf zu beschämen.

Viola lächelte und trocknete sich mit ihrer Schürze ab. Ernst griff nach der Zeitung und begann zu lesen. Er wollte Erna gegenüber nicht preisgeben, wie sehr er sich gesorgt hatte. Ich werde aber schon noch rauskriegen, wo sie gewesen ist, dachte er und ballte unter dem Tisch die eine Hand zur Faust.

»Wie siehst du denn aus?«, sagte ihre Mutter entsetzt. »Wo warst du denn, Mädchen?«

»Hast du deine Badesachen aufgehängt?«, fragte Ernst, noch ehe sie über die Schwelle getreten war.

»Die hatte ich gar nicht mitgenommen.«

»Bist du trotzdem geschwommen?«

»Nein«, antwortete Erna, verschwand auf ihrem Zimmer und stellte dort ihre Tasche ab.

Auch Ernst waren ihre schmutzigen Kleider aufgefallen. »Haben sie dich auf dem Jahrmarkt als Schlammringkämpferin angeheuert? Wärst du nicht zu alt dafür, dann hättest du dir jetzt aber eine eingefangen! Der Familie eine solche Schande bereiten, Erna!«

»So spät noch Kaffee?«, meinte Erna ruhig, als sie wieder in die Küche trat. »Für mich bitte nicht.«

Auf dem Heimweg hatte sie sich vorgenommen, so zu tun, als wäre nichts geschehen, ahnte aber, dass das nicht einfach sein würde. Sie wollte allein sein, darüber nachdenken, was geschehen war und was sie unternehmen sollte.

»Du hast natürlich schon Kaffee getrunken«, sagte ihr Vater.

»Ja, vor Kurzem erst.«

Diese unerwartete Antwort überrumpelte Ernst vollkommen.

»Ich habe einer neuen Bekanntschaft einen Besuch abgestattet«, erklärte Erna, die beschlossen hatte, die Wahrheit zu sagen, denn sie hatte nichts zu verbergen.

»Aha. Und wer ist sie, wenn man fragen darf?«

»Es ist ein Mann«, sagte Erna und wagte nicht, ihn anzusehen.

»Ist der das etwa, der deine Kopfschmerzen so gut kurieren kann?«, erwiderte Ernst höhnisch.

»Vielleicht«, meinte Erna, erhob sich, sagte Gute Nacht und verschwand in ihrem Zimmer.

»Erna, komm her!«, brüllte ihr Vater.

Vorsichtig öffnete Erna ihre Zimmertür.

Ernst fasste sich ans Herz. »Erna, wer ist der Mann?«

Erna erzählte so detailliert wie möglich. Zweimal schlug ihr Vater mit der Faust auf den Tisch. Das erste Mal, als sie sagte, ihr Bekannter sei Stockholmer, das zweite Mal, als er erfuhr, dass er Keramiker sei.

»Stockholmer«, sagte ihr Vater verächtlich. »Gibt es hier im Dorf etwa keine Männer? Sind die nicht gut genug? Dass es bei dir immer etwas Besonderes sein muss, Mädchen.« Ihm war anzumerken, dass ihn die Unterhaltung geschwächt hatte.

»Na, dann geh jetzt schlafen, hörst du, Erna?«

Als sie im Bett lag, dachte sie an Börje, an den Kuss und an ihre inspirierende Unterhaltung. All das Schöne, was geschehen war, bevor sie die Stimmung verdorben hatte. Vielleicht hatte ihr Vater ja recht. Sie war unbeholfen und voreilig.

Wie das Rad eines Pfaus, dachte sie. Dann musste sie lächeln, fuhr sich mit der Hand über den Kopf, ein Ventil öffnete sich, und ein hysterisches Lachen ging in lautloses Schluchzen über. »Wie das Rad eines Pfaus«, schniefte sie leise vor sich hin und schlief ein.

Viola wälzte sich im Bett herum. Sie hatte Erna angesehen, dass etwas geschehen war, hatte aber nicht zu fragen gewagt, was. Vielleicht hatte dieser Stockholmer etwas damit zu tun?

Die Gedanken schwirrten in ihrem Kopf herum, doch dann schob sie ihre Überlegungen beiseite. Sie kann auf sich selbst aufpassen, es gibt sicher eine gute Erklärung für alles, dachte sie. Dieser Sommer war so anders, es lag etwas Unerklärliches in der Luft.

Der Wecker auf dem Nachttisch tickte beharrlich. Sie hatte ihn als Prämie bekommen, nachdem sie etwas bei einem Versandhaus bestellt hatte. Ernst war außer sich gewesen. »Hast du uns jetzt eine Zeitbombe ins Schlafzimmer gestellt?«, hatte er gefragt. Selbst Viola hatte gefunden, dass der Wecker ungewöhnlich laut tickte, obwohl er sehr klein war. Da sie jedoch keinen anderen Wecker hatten, hatte sie ihn neben das Bett gestellt.

Vorher hatte immer Violas kleine Armbanduhr auf dem Nachttisch gelegen, aber sie sah immer schlechter, und obwohl die Uhr Leuchtzeiger besaß, konnte sie sie bei

Dunkelheit nicht mehr erkennen. Wenn sie besorgt war wie jetzt, dann ging auch ihr das Ticken des Weckers auf die Nerven. Sie beugte sich aus dem Bett und ließ den Wecker in der Nachttischschublade verschwinden.

Viola erstarrte, als sie ein Geräusch aus Ernas Zimmer hörte. Weinte sie etwa? Sie wollte aufspringen und in das Zimmer ihrer Tochter eilen, wie sie das immer getan hatte, als Erna klein gewesen war. Sie zögerte. Ernst schlief tief, drehte sich um und murmelte im Schlaf. Manchmal empfand Viola ein Gefühl der Zärtlichkeit für ihn, wenn er schlief. Sie wünschte sich, dass sie seine Hand nehmen und sich geborgen fühlen könnte. Sie war davon überzeugt, dass auch er diesen Kontakt gebraucht hätte. Dann drehte sie sich um, rückte näher an ihn heran, spürte seinen Atem im Gesicht und berührte seine Hand. Sie lauschte erneut. Aus Ernas Zimmer war nichts mehr zu hören. Vermutlich habe ich es mir nur eingebildet, dachte sie, schob ihren Fuß zu Ernst hinüber und berührte seinen Fuß. Die Wärme breitete sich in ihrem Körper aus, und sie knöpfte am Hals ihres blau geblümten Flanellnachthemds einen Knopf auf.

Börje hatte sich eines von Ernas Büchern ausgeliehen. Als er am Abend darin las, fiel eine Zeichnung heraus. Börje fand sie gelungen und lehnte sie an die Blumenvase auf dem Tisch, um sie anschauen zu können. Erst einige Stunden später entdeckte er, dass sie mit »EH« signiert war. Er hatte gerade in ein Butterbrot gebissen und hielt im Kauen inne. EH – konnte es wirklich sein, dass Erna diese Zeichnung anfertigt hatte? Beinahe hätte er sie angerufen, um sie zu fragen, ließ es dann aber doch bleiben.

Im Frühjahr war er in der Druckerei in der Stadt gewesen und hatte sich erkundigt, was es kosten würde, Karten für die Eröffnung seines Ateliers drucken zu lassen. Diese Zeichnung eignete sich hervorragend als Postkarte. Wenn sie von Erna stammte, konnte sie sie drucken lassen und sie über Zeitungskioske und Geschäfte vertreiben. Er war Feuer und Flamme und wünschte sich, sie würde ihn anrufen.

Eine Weile versuchte er, seine Unruhe durch Arbeit zu bekämpfen. Er brachte im Atelier die Fußleisten an und begann, die Farbe von den Sprossenfenstern zu kratzen. Das Holz schien nicht morsch zu sein, aber trotzdem kostete es viel Zeit, die ganze alte Farbe zu entfernen. Sobald er an Erna dachte und daran, dass sie sich wiedersehen würden, fiel ihm alles viel leichter. Sie war eine seltsame junge Frau. Sie hatte zwar nur die Volksschule besucht, aber worüber sie auch sprachen, kannte sie sich trotzdem gut aus. Sie hatte viel von ihren Eltern erzählt. Sie schien eine enge Beziehung zu ihrer Mutter zu haben, aber ihr Vater war offenbar sehr dominant. Trotzdem nahm sie ihn in Schutz, indem sie auf seine Parkinson-Erkrankung und seine freudlose Kindheit verwies.

Erna war eine Frau, die an das Gute im Menschen glaubte, obwohl sie selbst so viel hatte durchmachen müssen. Er konnte nicht verstehen, dass ihre etwas ungewöhnliche Kopfform und ihr spärliches Haar so viel Leid verursacht hatten. Dabei war sie doch so hübsch!

9. Kapitel

Am Morgen hängte Erna ihr Kleid ganz hinten in den Kleiderschrank. Sie wollte es waschen, wenn ihre Eltern mal nicht zu Hause waren. Diese Nacht hatte sie unruhig geschlafen und litt nun an Kopfschmerzen. Sie hätte am liebsten Börje angerufen und ihm alles erzählt. Er war so klug und konnte ihr sicher einen Rat geben. Ihre Eltern waren gerade draußen.

Sie trat an den Tisch und blätterte in der Zeitung, um zu sehen, ob dort etwas über den Einbruch im Hotel stand. Sie war sich fast sicher, dass noch nichts drinstehen würde. Vielleicht hatte noch niemand etwas bemerkt. Ich müsste bei den Hotelbesitzern oder der Polizei anrufen, dachte sie immer wieder.

Den ganzen Tag ängstigte sie sich und dachte sich eine Vorgehensweise nach der anderen aus, die sie aber genauso schnell wieder verwarf. Jetzt wäre es ihr ausnahmsweise einmal recht gewesen, wenn ihre Mutter gefragt hätte, was geschehen sei, aber die schwieg, sah Erna mit ängstlichen Augen an und räusperte sich ständig nervös.

Als sie am Nachmittag zu dritt in der Küche saßen, war die Stille – abgesehen von Violas Räuspern – noch kompakter als sonst. Plötzlich hörte Erna die Erkennungsmelodie der Lokalnachrichten.

»Vergangene Nacht wurde im Kurhotel in Vitemölla ein Einbruch verübt. Unbekannte drangen durch ein Fenster an der Rückseite des Gebäudes ein und stahlen einige Antiquitäten sowie die Kasse mit dem Wechselgeld und Schmuck. Die Straftat wurde gegen zweiundzwanzig Uhr dreißig verübt. Ein vorbeifahrender Autofahrer sah eine Person hinter dem Gebäude hervorkommen. Vermutlich handelte es sich dabei um eine Frau, was wegen der zum Zeitpunkt der Tat herrschenden Dunkelheit jedoch unsicher ist. Die Polizei hat Fingerabdrücke gesichert.«

Erna klapperte mit ihrer Tasse. Ihre Mutter erhob sich rasch und trat ans Küchenfenster. Dort stand sie lange und starrte mit leerem Blick ins Nichts.

»Lebenslängliche Zwangsarbeit wäre für diesen Abschaum das Mindeste. Was glotzt du so, Viola? Du glaubst doch wohl nicht, dass die Einbrecher am helllichten Tag herkommen?«

Viola drehte sich um und sah Erna an. Dann verließ sie das Haus und setzte sich auf die Bank im Garten, wo sie den restlichen Nachmittag sitzen blieb. Erna war enttäuscht. Traute ihre Mutter ihr wirklich so etwas zu?

Am Tag darauf gab es in der Lokalzeitung große Schlagzeilen. Erna hielt sich möglichst viel im Freien auf, um Violas Blicken auszuweichen. Wenn sich jetzt nur nicht auch noch Börje Gedanken machte, nachdem er die Zeitung gelesen hatte. Der Zeitpunkt stimmte ja in etwa mit dem überein, zu dem sie bei ihm aufgebrochen war, und in der Zeitung stand auch, dass man sich bei der Ermittlung auf eine Einbrecherin konzentriere. Fußspuren legten diesen Schluss nahe. Zwar gab es sicher viele andere Frauen, die hinter dem Hotel entlanggegangen waren, aber man hatte auch Spuren hinter dem Busch gefunden, hinter dem sich Erna versteckt hatte. Die Fingerabdrücke deuteten ebenfalls darauf hin, dass der Einbruch von einer Frau begangen worden war.

Nach einer weiteren unruhigen Nacht beschloss Erna, bei der Polizei anzurufen und alles zu erzählen. Ihre Mutter hatte sich immer noch nicht zu der fraglichen Nacht geäußert, Erna sah aber, dass sie nervös war. Eigentlich hatte sie ihrer Mutter alles erzählen wollen, dann aber beschlossen, damit zu warten, bis sie bei der Polizei angerufen hätte. Allerdings wollte sie sichergehen, dass während des Telefongesprächs niemand in die Küche kam. Nachmittags wollten Viola und Ernst in den Ort fahren. Kaum hatte das Auto den Vorplatz verlassen, ging Erna zum Telefon und wählte die Nummer der Polizei.

»Ich würde gerne mit der Polizei sprechen. Es geht um den Einbruch in Vitemölla«, sagte Erna nervös zur Telefonistin.

»Guten Tag, hier ist Erna Henningsson aus Kivik. Ich war das nicht ... Erna Henningsson«, wiederholte sie. »Ich kann Ihnen alles erklären. Nein, es wäre mir nicht recht, wenn Sie hierherkämen. Schließlich habe ich ja nichts angestellt. Ein Mann hat die Tat begangen. Ich habe mich im Gebüsch versteckt und alles gesehen. Ja, im Gebüsch hinter dem Hotel. Ich war auf dem Heimweg. Nein, ich wohne nicht dort. Ich habe nur einen leeren Getränkekasten unter das Fenster gestellt, weil ich mir eine Uhr ansehen wollte ... Ja, eine Pendeluhr, die früher mal Rektor Påhlsson gehört hat. Nein, ich habe kein Fenster eingeschlagen, aber ich habe gesehen, dass jemand anders das getan hat. Nein, ich weiß nicht, wer das war, denn ich bin plötzlich ohnmächtig geworden. Nein, er hat mich nicht geschlagen, aber eigentlich wollte ich ihn schlagen. Was haben Sie gesagt? Wieso seltsam? Da ist doch weiter nichts dabei. Nein, ich wohne noch bei meinen Eltern. Es hat doch keinen Sinn, wenn Sie hierherkommen, ich habe ja nichts verbrochen, und ich weiß auch nicht, wer es war. In einer Stunde? Na gut, die Adresse ist Kivik 13:5, Henningsson. Aber ich verstehe nicht, warum Sie …«

Erna blieb lange schweigend mit dem Telefonhörer in der Hand stehen. Dann eilte sie zu ihrem Frisierspiegel und strich sich das Haar glatt. Anschließend kehrte sie in die Küche zurück und behielt die Landstraße im Auge. Wenn nur die Eltern jetzt nicht kommen, dachte sie. Und was ist, wenn die mich jetzt auf die Wache mitnehmen? Entmutigt setzte sie sich auf einen Küchenstuhl, um zu warten.

Sie saß immer noch da, als der Streifenwagen vorfuhr. Ein Glück, dass sie nicht das Blaulicht eingeschaltet haben, dachte sie. Dreimal wurde energisch angeklopft.

»Bitte kommen Sie herein.« Sie deutete auf die Küchenbank.

Die beiden Beamten sahen sich erstaunt an. Das war nicht der Anblick, mit dem sie gerechnet hatten: eine ganz normale Frau, nun ja, vielleicht abgesehen von der Kopfform, aber im Übrigen schien sie eine ganz normale Frau zu sein, in der ganz normalen Küche ihres Elternhauses. Sie stellten sich höflich vor. Der Größere der beiden hieß Kjell Brismark, der Kleinere, etwas untersetzte, hieß Nils. Den Nachnamen verstand Erna vor lauter Aufregung nicht.

»Sie haben angerufen«, sagte der Größere und hielt ihr seine Dienstmarke unter die Nase.

»Ja. Ich fand, es sei meine Pflicht anzurufen«, erwiderte Erna.

»Warum haben Sie nicht sofort angerufen?« Der andere Beamte zog einen Block aus seiner Jackentasche und begann, sich Notizen zu machen.

»Ich weiß nicht … ich wusste nicht, was ich sagen sollte. Ich fand eigentlich nicht, dass es etwas zu erzählen gab, ich wusste schließlich nicht, wer es war.«

»Aber Sie haben gesehen, dass es ein Mann war?«, meinte Brismark.

»Ja.«

»Wie konnten Sie das im Dunkeln erkennen?«, warf der Beamte mit dem Block ein.

»Ich habe es einfach gesehen. Er sah jedenfalls wie ein Mann aus.«

»Ist es vollkommen ausgeschlossen, dass es sich um eine Frau gehandelt haben könnte?«, fuhr der Kleinere fort.

»Ich habe die Kleidung nicht so genau erkennen können, aber einen Rock trug die Person jedenfalls nicht, da bin ich mir sicher.«

Brismark seufzte und schüttelte den Kopf. »Es gibt auch Frauen, die keine Röcke tragen«, erwiderte er und versuchte sich seine Verärgerung nicht anmerken zu lassen.

Erna schaute betreten zu Boden. »Ich bin mir sicher, dass es ein Mann war, aber ich kann nicht erklären, warum.«

Sie fand, dass dieser Nils mehr mitschrieb, als sie überhaupt sagte. Es fiel ihr schwer, sich zu konzentrieren. Sie ließ ihre Blicke immer wieder auf den Vorplatz schweifen, um sich zu vergewissern, dass ihre Eltern nicht im Anmarsch waren. Sie wollte die Sache vor ihrem Eintreffen hinter sich bringen.

»Ich wollte mir eine Uhr anschauen.«

»Eine Uhr? Meine Güte, das Hotel war doch geschlossen. Hatten Sie wirklich vor einzubrechen, nur um sich eine Uhr anzusehen? Wäre es nicht klüger gewesen abzuwarten, bis das Hotel am nächsten Tag wieder geöffnet hätte?«

»Schon, aber ich ... einbrechen wollte ich ja auch gar nicht, ich wollte mir nur die Uhr anschauen«, erwiderte Erna entsetzt.

»Wie hatten Sie sich das denn gedacht? Wie wollten Sie sich denn die Uhr anschauen?«, fuhr Brismark fort.

»Ich habe eine Getränkekiste unters Fenster geschoben und wollte hineinschauen, das habe ich doch schon gesagt ...«

Die beiden Beamten sahen sich an, und der Kleinere zuckte resigniert mit den Achseln.

»Merken Sie denn nicht selbst, wie unsinnig das klingt? Erzählen Sie einfach, was sich von dem Augenblick an, als sie dort eintrafen, ereignete.«

Erna erzählte ohne Unterbrechung, angefangen damit, wie sie ihr Fahrrad am Wegrand abgestellt hatte, bis zu dem Zeitpunkt, als sie in den Büschen wieder zu sich gekommen und nach Hause geradelt war.

»Warum war Ihnen die Uhr so wichtig, und wie gut kannten Sie diesen Påhlsson oder wie immer er hieß?«

Nils blätterte um und drückte auf seinen Druckbleistift. Erna mochte ihn nicht. Er wirkte arrogant und wichtigtuerisch. Brismark war sympathischer. Zwar wirkte er ein wenig verärgert, aber das war vielleicht nicht so verwunderlich. Schließlich wollte er den Fall lösen, und bislang hatte sie nichts Wesentliches zur Ermittlung beigetragen.

»Als Kind habe ich ihm einmal Maiblumen verkauft, und seine Uhr hat so hübsch geschlagen. Ich wollte sie noch einmal hören. Påhlsson kannte ich nicht, aber meine Mutter war seine Schülerin.«

»Woher wussten Sie, dass sich die Uhr im Hotel befand?«

Erna begann umständlich von der Versteigerung zu erzählen.

»Ja, ja, das genügt«, fiel ihr Nils ins Wort. »Hier in der Gegend hat es in letzter Zeit noch ein paar andere Einbrüche gegeben. Vielleicht haben Sie da ja auch im Gebüsch gekauert?«

»Nein. Habe ich nicht«, erwiderte Erna und spürte, wie sie allmählich die Geduld verlor. Glaubte er etwa, sie sei eine Einbrecherin?

»Immer mit der Ruhe, Nils«, meinte Brismark.

Nils sah seinen Kollegen finster an und klappte den Block zu. Stattdessen zog er einen Schlüsselbund hervor, an dem ein kleines Taschenmesser hing, und begann seine Fingernägeln zu säubern.

»Ich war ganz nahe«, flüsterte Erna. »Ich habe ganz kurz sein Gesicht gesehen, aber es war recht dunkel. Ich bin mir sicher, dass es ein Mann war.«

Nils schnaubte verärgert und steckte den Schlüsselbund wieder ein.

»Wenn ich Ihnen ein Foto von ihm zeigen würde, würden Sie ihn dann erkennen?«, fragte Brismark freundlich.

»Ich glaube schon«, antwortete Erna und schaute auf die Uhr.

Brismark öffnete seine Aktentasche, nahm eine Mappe heraus und reichte ihr ein Foto.

»Der war es nicht.«

»Woher wissen Sie das?«

»Der ist ja blond.«

»Sie haben also gesehen, dass der Einbrecher dunkelhaarig war?«, erwiderte er und schien erleichtert zu sein.

»Ja. Er war dunkelhaarig. Er trug Handschuhe und eine seltsame Mütze, obwohl Hochsommer ist.«

»Wie konnten Sie sehen, dass er dunkelhaarig war?«, fragte Nils.

»Nils! Ich stelle die Fragen«, fuhr Brismark dazwischen.

»Die Mütze hat sein Haar nicht vollständig verdeckt«, erklärte Erna.

Brismark suchte in seiner Mappe und legte ihr ein weiteres Foto hin. Erna schaute es an und schüttelte wieder den Kopf. Sie blickte verstohlen in die Mappe, in der er nach weiteren Fotos wühlte.

»Da! Da ist er!« Erna stieß vor lauter Aufregung an die Aktenmappe, sodass diese zu Boden fiel. Murran, die unter dem Tisch gelegen hatte, sprang verängstigt auf Nils' Schoß, dieser stieß sie jedoch unsanft wieder hinunter.

»Entschuldigen Sie«, sagte Erna. »Aber das ist er. Ich bin mir sicher.«

Brismark legte das Foto vor Erna auf den Tisch.

»Sind Sie sich sicher?«

»Ich bin mir sicher, ganz sicher.«

»Kennen Sie ihn?«

»Ich hatte ihn noch nie zuvor gesehen, aber ich war ihm so nahe.« Erna demonstrierte es mit den Händen. Brismark drehte das Foto um und las, was auf der Rückseite stand.

»Sie wissen, dass es ernsthafte Konsequenzen haben kann, jemanden fälschlich zu bezichtigen?«, fuhr er mit freundlicher Stimme fort.

»Ich habe niemanden bezichtigt«, erwiderte Erna trotzig, da sie fand, dass der Umstand, dass sie den Mann identifiziert hatte, ihre Ehre wiederhergestellt hatte. »Ich habe nur beobachtet, wie dieser Mann durch das Fenster gekrochen ist und dann mit so etwas wie einer Plastiktüte in der Hand wieder zum Vorschein kam.«

»Was für einer Plastiktüte?«, fragte Nils und griff wieder zu seinem Block.

»Pack den Block weg«, meinte Brismark. »Ich zeichne die Vernehmung auf.«

»Tja, jedenfalls kein Gefrierbeutel«, meinte Erna. »Eine große Tüte, fast so groß wie ein Müllsack.«

»Haben Sie gesehen, ob sie gefüllt war?«

»Es sah so aus, denn er hatte Mühe, sie durch das kleine Fenster zu zwängen.«

Brismark erklärte ihr dann, wie die Vernehmungen mit einem kleinen Aufnahmegerät aufgezeichnet wurden. »Nicht weiter gefährlich«, meinte er, als er sah, wie entsetzt Erna wirkte.

Erna beantwortete alle Fragen laut und deutlich, und Brismark nickte ihr immer wieder freundlich zu.

»Siebzehn Uhr vierundzwanzig, Ende der Vernehmung. Ich glaube, Sie haben uns ein gutes Stück weitergebracht, aber ich verstehe immer noch nicht, warum Sie dort im Dunkeln herumgeschlichen sind, um sich durch ein kleines Fenster eine Uhr anzusehen.«

Brismark klopfte ihr auf die Schulter. Erna sah verlegen aus und wusste nicht, was sie sagen sollte. Insgeheim hatte sie sich bereits eingestanden, dass es eine dumme Idee gewesen war.

»Mit solchen Typen ist nicht zu spaßen, am allerwenigsten, wenn man ihnen als Frau im Dunkeln begegnet.«

»Wissen Sie, wer er ist?«

»Allerdings, aber es ist schon eine Weile her, dass er hier in der Gegend sein Unwesen getrieben hat. Ohne Ihre Hilfe hätte es also noch dauern können, bis …«

»Wir sollten ihn vielleicht erst einmal selbst vernehmen«, meinte Nils säuerlich, als würde er Erna immer noch nicht glauben.

Gerade als Brismark sein Aufnahmegerät einpackte, fuhren Ernas Eltern vor.

»Jetzt kommen meine Eltern.«

»Wir wollen nicht länger stören«, sagte Nils, den es zu erleichtern schien, dass er endlich gehen durfte.

In diesem Moment kam Viola in die Küche gestürzt, und Erna sah ihren Vater über den Hofplatz eilen.

»Was ist passiert?«

»Nichts, Mutti.«

Ernst war während der letzten Tage noch schwächer als sonst gewesen, und es schien so, als hätte sich sein Zustand noch mehr verschlechtert. Er wirkte regelrecht betrunken, als er in die Küche schwankte. Sein Blick war wild, und sein Haar stand ungepflegt in alle Richtungen.

»Wir wollten gerade gehen«, erklärte Brismark. »Wir haben Ihre Tochter wegen des Vorfalls vor einigen Tagen vernommen.«

»Was machst du nur für Sachen«, sagte Viola mit schwacher Stimme. Erna war klar, dass ihre Mutter glaubte, sie werde verdächtigt. Der Anblick ihres schmutzigen Kleides und ihr verzweifelter Blick, als sie nach Hause gekommen war, hatten sich auf die Netzhaut ihrer Mutter eingebrannt. Seither hatte sie keine Nacht mehr durchgeschlafen.

»Sie haben wirklich eine mutige Tochter, aber sie sollte sich ihre Ausflugsziele in Zukunft besser aussuchen«, scherzte Brismark. »Sie hat uns bei unserer Ermittlung ein gutes Stück weitergeholfen, und wir werden den Schlawiner wohl bald fassen.«

Ernsts Blick irrte zwischen den Polizisten und Erna hin und her. Er wirkte immer noch verunsichert, aber als Erna lächelte, begriff er, dass nichts zu befürchten war.

»Sie ist wirklich mutig, unsere Tochter«, meinte er, ohne überhaupt zu wissen, worum es ging.

Die Polizisten verschwanden auf den Hof, und Erna setzte erst einmal Kaffee auf, denn den Blicken ihrer Eltern entnahm sie, dass sie viele Fragen hatten.

Wortlos deckte sie den Tisch, und auch ihre Eltern schwiegen. Viola sah Erna ab und zu etwas beschämt an, als wolle sie um Verzeihung bitten.

»Der Kaffee ist fertig.«

Viola setzte sich mit betretener Miene auf die vordere Stuhlkante.

»Das hier ist doch kein Beerdigungskaffeetrinken«, sagte Erna, um das Gespräch in Gang zu bringen. Sie wollte erzählen, was sie erlebt hatte. Natürlich würde sie bestimmte Details auslassen, sonst würde ihr Vater womöglich einen Tobsuchtsanfall bekommen. Im Nachhinein sah sie selbst ein, wie verrückt alles gewesen war, und sie wagte kaum, daran zu denken, was hätte geschehen können, wenn der Mann sie in den Büschen entdeckt hätte.

»Ich habe der Polizei geholfen, einen Verbrecher zu identifizieren.«

»Das war aber gut«, meinte Viola, die sich immer noch nicht ganz vom Besuch der Polizei erholt zu haben schien.

»Stimmt, aber was zum Teufel hattest du dort überhaupt zu suchen?«, fragte Ernst. »Was sollen die Leute nur denken? Erst radelst du mitten in der Nacht zum Grab … noch dazu während eines Gewitters, und jetzt treibst du dich abends herum und jagst Einbrecher. Kein Wunder, dass sich die Leute Gedanken machen. Oder etwa nicht? Antworte mir, Erna!«

Erna schwieg. Doch der kurze Ausbruch schien ihren Vater so geschwächt zu haben, dass er nicht länger wütend sein konnte. Nach einer Weile fuhr er in freundlicherem Ton fort: »Das hast du gut gemacht, Erna, wirklich. Aber wenn du das Foto nicht gesehen und ihn nicht identiert hättest, dann säßest du jetzt vielleicht im Gefängnis. Dann hätte ich mich in der Güllegrube ertränkt, verdammt!«

»Es heißt identifizieren«, korrigierte sie ihn grinsend. Sie spürte, wie ihr Tränen in die Augen traten. Teils aus Erleichterung darüber, dass alles ein so gutes Ende genommen hatte, teils weil das unerwartete Lob ihres Vaters sie rührte.

10. Kapitel

Die Tage vergingen, und Börje machte sich allergrößte Sorgen. War Ernas Vater nach ihrem Besuch bei ihm etwa wütend geworden? Sie hatte, bevor sie sich auf den Heimweg begeben hatte, so besorgt gewirkt. Ich hoffe, ich war nicht zu aufdringlich und habe sie verschreckt, dachte er.

Gegen Abend beschloss Börje, zum Hafen zu radeln. Schließlich konnte er nicht unablässig das Telefon hüten. Es war ein wunderbarer Hochsommer, doch bald würde der Herbst kommen, und es galt, die Zeit zu nutzen. Er hielt am Kiosk, kaufte ein Eis, setzte sich auf die Bank und betrachtete die Touristen, die herumschlenderten und das Leben genossen. Später radelte er nach Vitemölla weiter. Der kleine Ort war mittlerweile fast mit Kivik zusammengewachsen. Rosenranken zierten die Fassaden, und die schönen Gärten waren gut in Schuss.

Börje liebte die Atmosphäre in Vitemölla, doch plötzlich störte ein lautes Brummen die Ruhe. Wer machte um diese Tageszeit so einen fürchterlichen Lärm? Als er dem Geräusch folgte, sah er, dass sich ein Traktor im Graben festgefahren hatte. Die Vorderräder standen quer, und es war dem Traktor unmöglich, wieder herauszukommen. Trotzdem saß der Fahrer immer noch am Steuer und gab Gas, ohne dass sich der Traktor einen Millimeter bewegt hätte. Idiot, dachte Börje. Er muss doch einsehen, dass das sinnlos ist. Er lehnte sein Fahrrad an einen Zaun und ging auf den Traktor zu.

»Das sieht wirklich nicht gut aus«, meinte Börje freundlich.

»Nein, das sieht verdammt beschissen aus«, fauchte ihn der Mann an, und als er sich umdrehte, sah Börje, dass es Ernas Vater war. Er wusste nicht recht, wie er sich verhalten sollte.

»Kann ich Ihnen helfen?«

»Vielleicht sollten wir ein Abschleppseil am Fahrrad befestigen«, ätzte Ernst.

Hätte es sich nicht um Ernas Vater gehandelt, hätte ihn Börje seinem Schicksal überlassen. Aber nun wusste er schließlich, dass der alte Mann krank war.

»Ich habe zu Hause einen starken Wagen, einen Van mit V8-Motor. Vielleicht könnte man damit den Traktor aus dem Graben ziehen.«

»Das glaube ich kaum«, erwiderte Ernst irritiert.

»Ich fahre jetzt jedenfalls nach Hause und hole ihn.«

Noch ehe Ernst protestieren konnte, schwang sich Börje wieder auf sein Fahrrad und radelte nach Hause. Offenbar hatte Ernas Vater ihn nicht wiedererkannt. Er war damals, als er den Brief an Erna in den Briefkasten werfen wollte, nicht vom Traktor gestiegen, sondern war sitzen geblieben, hatte ihm mit der Faust gedroht und etwas gebrüllt, was er nicht verstanden hatte. Falls er ihn nicht erkannte, gedachte Börje nicht, ihn zu informieren.

Als er die Gartenpforte öffnete, überfiel ihn plötzlich eine unbezwingbare Lust, Erna anzurufen. Er wusste ja, dass ihr Vater nicht zu Hause war, trotzdem kam es ihm nicht richtig vor. Rasch setzte er sich in seinen Wagen und fuhr zurück. Als er in Vitemölla eintraf, saß Ernst immer noch auf seinem Traktor und ließ den Motor aufheulen. Börje musste seinen Unmut unterdrücken. Erst fuhr er mit seinem Wagen vor den Traktor und setzte dann gelassen zurück. Ernst stieg von seinem Traktor.

»Mit dem da geht das nicht«, sagte er mürrisch und deutete auf den Van.

»Es ist jedenfalls sinnlos, Gas zu geben, wenn die Räder quer stehen. Das verstößt gegen jedes physikalische Gesetz.«

Ernst schnaubte. Börje befestigte das Abschleppseil, während ihm Ernst unbeholfen zuschaute. Dann holte Börje einen Spaten aus seinem Wagen, grub vorsichtig das eine Vorderrad des Traktors aus und versuchte es in die richtige Position zu schieben. Die Erde war steinig und unnachgiebig, und er mühte sich ab, bis ihm der Schweiß auf der Stirn stand. Anschließend richtete er sich auf und stützte sich auf seinen Spaten.

»Der sitzt wirklich fest.«

»Glauben Sie, dass wir ihn rausziehen können?«, fragte Ernst mit schwacher Stimme.

»Wenn ich nur den losen Sand wegbekomme, damit die Räder wieder gerade stehen, dann müsste es gehen.«

Nach geraumer Zeit hatte Börje zwei tiefe Furchen gegraben. Dann kroch er noch einmal unter den Traktor und drehte die Räder in die gewünschte Richtung.

»Nicht schlecht«, meinte Ernst und blinzelte Börje freundlich zu.

»Wenn Sie sich jetzt wieder ans Steuer setzen und ich Sie anschleppe, dann kriegen wir ihn vielleicht los.« Ernst schwankte leicht, und seine Bewegungen waren ruckartig, aber er kletterte trotzdem auf den Traktor. Börje stieg in seinen Van und ließ den Motor an. Er musste einige Male Anlauf nehmen, bis der Traktor endlich anrollte. Nach einigen Versuchen hatte er sich ein Stückchen bewegt. Börje drehte sich um und sah, dass Ernst erschöpft wirkte. Er fasste sich ans Herz, gab dann aber Börje ein Zeichen weiterzumachen. Wenig später stand der Traktor wieder oben auf der Straße.

»Danke. Das hätte ich nie geglaubt«, sagte Ernst lächelnd.

Plötzlich gaben die Beine unter ihm nach, und Börje musste ihn auffangen.

»Wie geht es Ihnen?«

»Ich bin müde und hab so einen Druck auf der Brust. Das wird gleich wieder.«

»Lassen Sie den Traktor stehen, und kommen Sie einen Moment zu mir nach Hause, bevor Sie weiterfahren. Ich wohne nicht weit weg.«

»Es geht schon«, sagte Ernst, aber sein Gesicht war grau, und er sah verängstigt aus.

»Jetzt steigen Sie zu mir ins Auto und kommen mit«, sagte Börje so energisch, dass Ernst nicht weiter protestierte. Es ging ihm wirklich nicht gut, und der Gedanke, allein gelassen zu werden, bereitete ihm Angst. Ohne Widerspruch stieg er in Börjes Van, drehte sich um und betrachtete den Traktor.

»Der steht da gut, und wenn Sie erst mal eine Tasse Kaffee getrunken haben, geht es Ihnen sicher besser, dann fahre ich Sie zurück.«

Als sie ins Haus kamen, setzte sich Ernst an den Küchentisch. Börje setzte Kaffee auf, und wenig später saßen sie beide am Tisch.

»Und?«

»Der Druck auf dem Herzen ist immer noch da. Wissen Sie, ich leide an Parkinson, und wenn ich mich aufrege, passiert manchmal so was.«

»Nehmen Sie doch eine Zimtschnecke!«, sagte Börje.

»Herzlichen Dank«, antwortete Ernst, dessen Wangen langsam wieder Farbe bekamen.

Das Telefon klingelte, und Börje ging dran.

»Hallo, doch, alles in Ordnung, und bei dir?« Börje sah besorgt zu Ernst hinüber. »Ich habe gerade Besuch. Wir können vielleicht später telefonieren.« Er hörte, dass Erna enttäuscht war, aber der Umstand, dass sie gerade anrief, als ihr Vater an seinem Küchentisch saß, überforderte ihn. »Bis später. Ciao!«

Während Börje telefonierte, sah Ernst sich um. Peder Norrmans altes Haus war wirklich wieder sehr gut in Schuss. Hier hatte er als Junggeselle oft gesessen und mit Peder Kaffee mit Schnaps getrunken. Plötzlich entdeckte Ernst die Zeichnung, die an einer Vase lehnte. Sein Gesicht nahm einen seltsamen Ausdruck an. War das nicht Ernas Zeichnung? Wie war die hierhergekommen? Börje trat wieder an den Tisch.

»Ich habe mich noch gar nicht vorgestellt. Ich heiße Börje.«

»Ernst Henningsson«, erwiderte Ernst und reichte dem anderen zögernd seine Hand. »Wohnen Sie schon lange hier?«

»Seit dem Frühjahr. Hier ist noch viel zu tun, aber so nach und nach wird es schon.«

»Ich war früher oft in diesem Haus«, sagte Ernst.

»Ach?«

»Ich habe Peder ganz gut gekannt, der vor Ihnen hier gewohnt hat. Netter Mann. Er hatte so seine Einfälle, und auf seinen Schnapskeller war er richtig stolz.«

»Schnapskeller?«, sagte Börje erstaunt, der wusste, dass das Haus nicht unterkellert war.

»Soll ich Ihnen den zeigen? Vorausgesetzt, es gibt ihn noch«, meinte Ernst und erhob sich. Er trat ans Fenster und schob vorsichtig einen Stuhl beiseite. Dann kniete er sich hin und klopfte vorsichtig auf einige Dielenbretter.

»Hier«, sagte er fröhlich, zog ein Taschenmesser hervor und steckte es zwischen die Bretter des Holzfußbodens und hob eines davon vorsichtig an.

Börje stand verblüfft neben ihm. »Unglaublich!«

»Der Schnapskeller«, meinte Ernst gut gelaunt und deutete in eine Vertiefung, in der mehrere Flaschen Platz fanden. »Schauen Sie, da liegt sogar noch eine Flasche!« Ernst hielt eine Flasche Klaren in die Höhe und lachte.

»Unglaublich«, sagte Börje wieder, und Ernst schien über seinen Fund richtig stolz zu sein.

»Sie könnten den Traktor bis morgen stehen lassen und so lange mein Fahrrad ausleihen, um nach Hause zu fahren, dann könnte ich Ihnen einen Schluck aus meinem Keller anbieten.«

»Das wäre jetzt wirklich nicht schlecht«, meinte Ernst lachend, »aber ich muss los, die Familie macht sich sicher schon Gedanken.«

Börje überlegte, ob er Erna erwähnen sollte, ließ es dann aber bleiben.

»Ich fahre Sie zum Traktor zurück, natürlich nur, wenn

Sie sich wieder besser fühlen, sonst kann ich Sie auch nach Hause bringen, und Sie holen ihn morgen.«

»Nein, es ist besser, ich nehme das Monstrum mit nach Hause, trotzdem vielen Dank.«

Bevor sie das Haus verließen, warf Ernst noch einmal einen Blick auf den Küchentisch, auf dem die Zeichnung stand.

»Danke für die Hilfe. Das war wirklich sehr nett«, sagte Ernst, als Börje ihn beim Traktor absetzte.

»Ich bleibe noch, bis Sie wegfahren. Lassen Sie den Traktor das nächste Mal zu Hause stehen, und nehmen Sie das Fahrrad, dann kann ich Ihnen etwas Gutes aus meinem Keller anbieten.«

»Sehr freundlich«, sagte Ernst.

Börje blieb eine Weile stehen, nachdem der Traktor verschwunden war. Was würde Ernst wohl zu Hause erzählen?

Erna empfand eine gewisse Wehmut. Es war ihr wie eine Ewigkeit vorgekommen, bis sie Börje endlich hatte anrufen können. Und dann hatte er so seltsam abweisend geklungen. Und was mochte das nur für ein Besuch gewesen sein? Womöglich diese Lena, von der er erzählt hatte?

Viola war fröhlich und gesprächig, und Erna hatte ein schlechtes Gewissen, weil sie nicht auch in Plauderlaune war. Sie pflegten sich sonst immer viel entspannter zu unterhalten, wenn Ernst nicht da war. Dieser war gegen Abend mit dem Traktor losgefahren, um ein paar Briefe aufzugeben. Die Zeit verging, und Viola und Erna fragten sich allmählich, wo er blieb.

»Vermutlich hat er irgendwo angehalten, um mit jemandem zu reden. Du weißt doch selbst, wie schnell die Zeit manchmal vergeht, Erna.«

»Klar, aber er ist wirklich schon sehr lange weg. Soll ich nicht das Fahrrad nehmen und sehen, ob ich ihn irgendwo entdecke?«

»Wir warten noch einen Moment. Alle im Dorf kennen ihn ja, und wäre etwas passiert, dann hätte sicher jemand angerufen.«

Trotzdem machten sie sich beide Sorgen und wussten nicht recht, wie sie die Zeit vertreiben sollten. Erna ging immer wieder auf den Hofplatz, um von dort Ausschau zu halten.

»So, jetzt fahr ich los und suche nach ihm«, sagte sie schließlich.

In diesem Augenblick näherten sich die Traktorscheinwerfer dem Haus.

»Da siehst du«, sagte Viola. Die Erleichterung war ihr anzuhören. Rasch setzte sie Kaffee auf.

»Die Straßen heutzutage sind so schmal, dass einfach kein Durchkommen ist. Ich bin mit den Rädern in den Graben geraten, und dann haben sie sich quergestellt«, sagte Ernst, als er in die Küche trat.

»Wo denn?«, fragte Viola.

»In Vitemölla.«

»Hast du eben gesagt, dass die Straßen heutzutage zu schmal sind?«, warf Erna ein. »Die Hauptstraße in Vitemölla ist älter als wir drei zusammen.«

»Ja, ja, immer musst du mich berichtigen.«

»Du kriegst jetzt deinen Kaffee, dann geht es dir gleich besser«, meinte Viola, die sich langsam wieder entspannte.

»Ich habe eben schon Kaffee getrunken.«

»Ach«, erwiderte Viola erstaunt. »Und bei wem?«

»Den kennst du nicht«, antwortete Ernst. »Übrigens, diese Zeichnung, die du vor ein paar Tagen gemacht hast, Erna, darf ich mir die noch mal ansehen? Die war richtig gut.«

Rasch ging Erna in ihr Zimmer. Es war zu hören, wie sie Schubladen öffnete und herumsuchte.

»Tut mir leid«, sagte sie, als sie mit leeren Händen wieder in die Küche trat. »Seltsam, vor ein paar Tagen hatte ich sie noch, und jetzt ist sie weg. Hast du sie gesehen?«, fragte sie an ihre Mutter gewandt.

»Seit du sie gemacht hast, nicht mehr.«

Viola deckte, und dann setzten sie sich.

»Bist du dir sicher, dass du keinen Kaffee willst?«, fragte sie Ernst, der sich auf die Bank gesetzt hatte, um die Zeitung zu lesen.

»Dräng mir doch nicht immer alles auf. Das hast du immer getan. Wenn wir Besuch haben, drückst du den Leuten das Essen förmlich in den Schlund, auch wenn sie dankend ablehnen.«

Er klang nicht unfreundlich, eher etwas spöttisch.

»Du hast den Traktor also wieder aus dem Graben manövrieren können?«

»Glaubst du etwa, ich sei mit einem Fahrrad mit zwei Scheinwerfern die Auffahrt hochgefahren?«

»Ach was«, erwiderte Viola verlegen. »So habe ich das doch nicht gemeint.«

»Ein freundlicher Herr hat mir geholfen. Ich hatte es schon eine Weile alleine versucht, aber die olle Maschine ließ sich nicht vom Fleck bewegen.«

Es wurde still, und Erna meinte, jede einzelne Kaubewegung zu hören.

»Mir ist schwindlig geworden, dann hatte ich wieder diesen Druck auf der Brust«, fuhr Ernst fort.

»Ist es jetzt besser?«, fragte Erna besorgt. »Soll ich dir deine Tabletten holen?«

Ernst antwortete nicht, und es wurde wieder still. Viola schenkte nochmals ein und versuchte dann einen Wachsfleck vom Tischtuch zu entfernen.

»Er hat mich zu sich nach Hause eingeladen, dieser Herr, weil es mir nicht gut ging. Er hat mir auch angeboten, mich nach Hause zu fahren, aber ich habe ihm erklärt, dass ich mich nur einen Moment ausruhen muss.«

Erna stand auf und deckte ab.

»Allerdings konnte ich ihm auch einen Gefallen erweisen«, erzählte Ernst. Er war schon lange nicht mehr so gesprächig gewesen. »Ich habe ihm gezeigt, wo Peder Norrman seinen Schnapsvorrat aufbewahrt hat. Er war richtig beeindruckt, denn davon wusste er nichts. Es lag sogar noch eine Flasche Klarer dort, von dem er mir anbieten wollte.«

Peder Norrmans Haus! Aber da wohnt doch Börje!, überlegte Erna, und die Gedanken stürmten auf sie ein. Aber ihr Vater konnte doch unmöglich bei Börje gewesen sein … Erna wagte nicht nachzuhaken, blieb aber in der Küche, in der Hoffnung, ihr Vater würde mehr erzählen.

»Was für ein Glück, dass alles so glatt gegangen ist«, meinte Viola freundlich und legte Ernst eine Hand auf den Arm. »Erna und ich hatten uns schon richtige Sorgen gemacht.«

»Ach? Ich dachte, ich tue euch vielleicht einen Gefallen,

wenn ich eine Weile verschwinde. Damit ihr hier eure Ruhe habt und Wasser verschwenden, unnötige Sachen ersteigern und nachts euer Unwesen treiben könnt. Aha, ihr habt euch also Sorgen gemacht«, sagte er noch einmal, als könne er es nicht recht glauben.

»Ja, haben wir«, sagte Erna und lächelte ihren Vater freundlich an.

»Na ja, immerhin.« Ernst sah zufrieden aus.

»Erna, kannst du mir morgen diese Zeichnung hervorsuchen?« Ernst ließ sie nicht aus den Augen. Merkwürdig, sie wirkte weder verlegen noch ertappt. War es vielleicht wirklich nur eine ähnliche Zeichnung gewesen? Es gab sicher viele Leute, die das Königsgrab als Motiv wählten, aber er war sich fast ganz sicher, in einer Ecke die Initialen »EH« gesehen zu haben.

Nachdem Erna zu Bett gegangen war, sann sie über ihre Unterhaltung in der Küche nach. Was für ein Zufall, dass ihr Vater ausgerechnet bei Börje gewesen war. Außerdem hatte er sich positiv über ihn geäußert, was irgendwie nicht sein konnte, da ihr Vater schon vor vielen Jahren beschlossen hatten, Leute, die Stockholmer Dialekt sprachen, nicht zu mögen. Warum wollte ihr Vater die Zeichnung anschauen, und wo war sie nur? Es gab viele Fragen, auf die sie keine Antwort hatte.

Erna trat ans Fenster, vor dem die Blume stand, die sie von Alva bekommen hatte. Tja, Alva, du wärst wirklich erstaunt gewesen, wenn du das hier alles hättest miterleben können, dachte sie.

11. Kapitel

Die Landstraße nach Simrishamn war wunderschön, die Bäume am Wegesrand waren von einem satten Grün, und zeitweilig ging es direkt am Meer entlang. Börje fuhr langsam und genoss jeden Kilometer. Er war auf dem Weg zur Druckerei, um sich einen Kostenvoranschlag für die Werbepostkarten machen zu lassen, die er in seinem Atelier auslegen wollte. Auf dem Beifahrersitz lag auch die Zeichnung, die er in Ernas Buch gefunden hatte und von der er sich immer sicherer war, dass sie von ihr stammte. Er wollte ein paar Kopien auf festem Papier anfertigen und sie probehalber auf Postkartengröße verkleinern lassen. Die Leute in der Druckerei waren wie immer sehr nett und kopierten ihm die Zeichnung gratis. Den Kostenvoranschlag würde er in der folgenden Woche erhalten.

Börje nutzte die Gelegenheit, um noch ein paar Einkäufe in der Stadt zu tätigen. Kaum war er wieder zu Hause, klingelte das Telefon.

»Hallo, Erna! Ich dachte schon, du würdest überhaupt nicht mehr anrufen. Kannst du um sieben Uhr zu mir kommen? Ich muss dir was zeigen. Anschließend können wir am Königsgrab picknicken. Was sagst du? Wer kommt? Verstehe, dann reden wir heute Abend weiter.«

Ernst hatte schon wieder nach der Zeichnung gefragt, aber sosehr Erna auch suchte, konnte sie sie nicht finden. Es beschlich sie der Verdacht, dass ihr Vater etwas mit dem

Verschwinden des Bildes zu tun haben könnte. Warum interessierte er sich plötzlich so für etwas, was er normalerweise für vollkommen wertlos hielt? Erst am Nachmittag, als Ernst länger draußen war, hatte sie die Möglichkeit gehabt, Börje anzurufen, ohne dass alle mithörten. Dieses Mal hatte Börje viel unbefangener und fröhlicher geklungen als bei ihrem letzten Telefonat.

Am frühen Abend konnte Erna es kaum erwarten, dass ihr Vater in den Stall hinausging. Sie hatte schon ihre Kleidung bereitgelegt, damit sie sich auf den Weg machen konnte, sobald sich eine Gelegenheit bot.

»Willst du dich wieder mit diesem Burschen treffen?«, fragte ihre Mutter vorsichtig.

»Wir wollen am Königsgrab picknicken.«

»Stell dir vor, euch sieht jemand und erzählt deinem Vater davon. Findest du das so schlau, Erna?«

»Allerdings«, erwiderte sie unwirsch, bereute es aber sofort. »Ich freu mich doch so, Mutti.«

»Na, ich kann dich schon verstehen. Fahr du nur, Erna, dann sehen wir weiter.«

Als Ernst gegen sechs nach draußen ging, zog Erna sich schnell um. Sie nahm sich nicht einmal die Zeit, ihre Kleidung richtig aufzuhängen, wo sie es doch sonst mit der Ordnung in ihrem Zimmer sehr genau nahm.

»Wie hübsch du bist, Erna«, sagte ihre Mutter, als sie wieder in die Küche trat. »Viel Spaß, aber sei vorsichtig, du kennst ihn doch kaum.«

»Ja, ja«, erwiderte Erna, umarmte ihre Mutter hastig und lief zum Schuppen, in dem ihr Fahrrad stand. Rasch und ohne sich umzudrehen, radelte sie davon. Erst nach einem Kilometer wagte sie es, langsamer zu werden und ihr Kleid zurechtzuzupfen. Sie seufzte. Erst am Vormittag hatte sie es sorgfältig gebügelt, aber jetzt war es schon wieder voller Falten. Egal, wenn sie im Gras saß, würde sie es ohnehin verknittern.

Es war erst kurz vor halb sieben, aber Erna beschloss trotzdem, direkt zu Börje zu radeln. Es dauerte eine Weile, bis er die Tür öffnete.

»Hallo, Erna, du bist da! Schon so früh?«

»Ich musste los, als sich die Gelegenheit bot. Komme ich ungelegen?«

Börje schaute entschuldigend auf seinen nackten Oberkörper. »Ich komme eben aus der Dusche.«

Erna betrachtete seine muskulösen Schultern. Sein ganzer Oberkörper war gleichmäßig sonnengebräunt. Ihren Vater und ihre Onkel hatte sie auch schon mit nacktem Oberkörper gesehen, aber sie hatten immer weiße Streifen von den Unterhemden gehabt, was Erna immer irgendwie unästhetisch gefunden hatte. Jetzt konnte sie ihren Blick nicht von Börjes Körper losreißen. Seine Hüften waren schmal und sein Hintern wohlgeformt. Noch nie hatte sie einen Mann auf diese Weise angesehen. Sie bekam einen trockenen Mund, und ihre Wangen glühten. Börje zog ein Hemd aus dicker Baumwolle ohne Kragen an. »Chinesenkragen« hatten ihre Cousinen das immer genannt. »Nur schwierige Typen tragen so was«, hatten sie gesagt.

Börje hatte beschlossen, sich einen kleinen Scherz mit Erna zu erlauben, indem er ihr ihre eigene Zeichnung als Ansichtskarte zeigte, ohne sich dazu zu äußern. Er nahm eine Thermoskanne aus dem Schrank und spülte sie aus, dann nahm er ein paar Sachen aus dem Kühlschrank und legte sie in einen Korb. Eine Flasche Wein stellte er ebenfalls hinein und deckte den Korb mit einem karierten, frisch gebügelten Küchenhandtuch zu.

»Setz dich«, sagte Börje.

Erna nahm am Küchentisch Platz, und Börje ging zum Schreibtisch und holte die Karten.

»Ich habe heute ein paar Ansichtskarten vom Königsgrab gekauft. Sind die nicht hübsch?« Er legte ihr die Karten hin.

»Wie schön«, sagte sie, hielt dann jedoch inne, nahm eine Karte in die Hand und betrachtete sie eingehend.

»Wo hast du die her?«, fragte sie entsetzt.

»Ich habe sie im Kiosk gekauft. Mir haben sie richtig gut gefallen.«

Erna war sprachlos. Sie nahm die Postkarte noch einmal in die Hand. Natürlich war das ihre Zeichnung.

»Du siehst erstaunt aus!« Börje lachte und trat auf Erna zu, zog sie hoch und umarmte sie fest. »Die Zeichnung lag in dem Buch, das du mir geliehen hast. Ich habe ein paar Kopien machen lassen. Das ist doch deine Zeichnung, nicht wahr, Erna?«

»Ja, schon«, erwiderte sie schüchtern.

»Sieh mich an, Erna, ich wusste, dass sie von dir ist. Sie ist wirklich sehr gut.«

Erna senkte verlegen den Kopf. Börje fasste sie unterm Kinn und küsste sie auf die Nase.

»Ich habe die nötigen Kontakte. Du solltest ein paar Hundert davon drucken lassen und sie an Läden und Kioske verkaufen.«

»Würden die denn meine Zeichnung kaufen?« Erna kicherte.

»Klar. Ich frage mal in der Druckerei, was das kosten würde.«

In diesem Moment war Lärm vor dem Fenster zu hören, und Börje schaute hinaus. Ernst fuhr gerade mit seinem Traktor vorbei. Er verlangsamte, schien dann aber Ernas Fahrrad zu entdecken, das am Zaun lehnte, und gab Vollgas.

»Vati!«, sagte Erna kopfschüttelnd. »Was macht der denn hier?«

»Das wird wohl zu einer Gewohnheit«, meinte Börje grinsend. »Er war schon gestern zum Kaffeetrinken hier.«

Dann erzählte er Erna, was geschehen war.

»Glaubst du, er ahnt was?«, fragte Erna.

»Nein, zumindest hat er nichts gesagt.«

»Er muss etwas wissen, sonst wäre er nie diese Straße entlanggefahren. Aber vielleicht hat ihm Mutter ja was erzählt.«

Börje sah nachdenklich aus, dann sagte er: »Hat dein Vater eigentlich deine Zeichnung gesehen?«

»Ja«, erwiderte Erna, »und gestern Abend, als ich nach Hause kam, fragte er, ob er sie sich ansehen darf. Ich habe sie nicht gefunden, und er hat immer wieder nachgefragt.«

»Sie stand an dem Abend, als er hier war, auf dem Tisch.« Börje deutete auf die Vase.

»Dann weiß er ja Bescheid«, meinte Erna und sah besorgt aus.

Börje griff nach dem Korb, um sie auf andere Gedanken zu bringen. »So, jetzt gehen wir los.«

Bis zum Königsgrab war es nicht weit. Sie gingen zu Fuß. Bevor sie das Haus verließen, holte Börje noch eine große Decke, die er unter den Arm klemmte.

Um diese Tageszeit lag das Grab einsam und verlassen da. Börje breitete die Decke aus, und sie setzten sich. Er packte die kleinen Plastikbehälter aus und nahm die Deckel ab.

»Wie lecker«, meinte Erna und betrachtete die Brote, die Börje gemacht hatte. Leberwurst und Gurke, Schinken, Salat und Tomate.

»Den Kaffee trinken wir später«, meinte Börje und öffnete den Wein.

Erna genoss das Picknick in vollen Zügen. Sie unterhielten sich über alles Mögliche. Erna erkundigte sich eingehend über den Besuch ihres Vaters am Vorabend und konnte es kaum glauben, als Börje meinte, ihr Vater sei richtig nett gewesen.

Bald wussten sie alles übereinander. Je mehr Erna erfuhr, desto besser gefiel Börje ihr. Langsam wurde es dunkel, und auf der Wiese wurde es feucht.

»Leg dich zu mir«, sagte Börje und streckte sich auf der Decke aus.

»Meinst du wirklich? Stell dir vor, uns sieht jemand.«

Börje stieß Erna an, sodass sie hintenüberfiel. Sie rauften miteinander, bis Börje sich aufrichtete und sie küsste.

»Erna, ich liebe dich. Hörst du?«

Börje nestelte an ihrem Kleid, was Erna ein bisschen peinlich war. »Warte mal ...«

In dem Moment, als Börje sie losließ, war wieder der Traktor zu hören, der unten auf der Straße vorbeifuhr. Sogar von hier aus konnten sie sehen, dass Ernst am Steuer saß. Die Stimmung war umgeschlagen: Erna wirkte verängstigt und Börje verbissen und wütend. Er sagte nichts, sondern sah Erna nur an. Einige Male strich er ihr vorsichtig über die Hand, und sie lächelte ihn schüchtern an. Als der Traktor ein viertes Mal vorbeifuhr, stand Börje abrupt auf. Er packte alles wieder in den Korb und zog Erna am Ärmel.

»Komm! Der ist doch nicht ganz bei Trost.«

Erna klopfte sich ihr Kleid ab, fuhr sich mit der Hand durchs Haar und folgte Börje über die Wiese.

»Es ist besser, wenn ich jetzt nach Hause fahre«, sagte sie, nachdem sie zu Hause bei Börje den Korb ausgepackt hatten.

»Bitte, Erna, bleib doch noch. Ich brauche dich hier. Und dein Vater wirkt so aufgebracht, dass er bestimmt vollkommen unberechenbar ist. Du bleibst, hörst du!«

Doch die Freude wollte nicht zurückkehren. Wie so viele Male zuvor, wenn ihr Vater gemein zu ihr gewesen war, empfand Erna eine tiefe Trauer.

Börje versuchte, die Stimmung aufzulockern, aber es war nichts zu machen. Er nahm Ernas Zeichnung wieder hervor.

»Morgen fahre ich zur Druckerei und lasse ein paar Postkarten anfertigen. Wenn du das nicht selbst übernehmen willst, kann ich sie ja den Kiosken und Geschäften anbieten.«

Schweigend saßen sie am Tisch. Erna hatte ihren Blick auf die Straße vor dem Haus gerichtet, als erwartete sie, dass ihr Vater ein weiteres Mal vorbeiführe. Da schrillte das Telefon. Börje ging dran.

»Hier ist Börje. Hallo. Hallo! Dann eben nicht«, sagte er schließlich und legte auf.

»War da niemand?«

»Vermutlich hat sich jemand verwählt.«

»Und wenn das jetzt Vati war?«

Das Telefon klingelte erneut, wieder hob Börje ab und rief nur: »Hallo?« Dann beugte er sich vor und zog den Stecker aus der Wand.

Ernas Beunruhigung nahm zu. Sie stand auf.

»Ich mache mir Sorgen und würde jetzt doch gern nach Hause«, sagte sie mit gedämpfter Stimme. Zum ersten Mal ergriff sie selbst die Initiative, trat auf Börje zu und umarmte ihn. Als seine Hände über ihre Brüste strichen, leistete sie keinen Widerstand. Er küsste sie immer wieder.

»Ich lege das Fahrrad in den Wagen und fahre dich nach Hause.«

»Das ist doch nicht nötig ...«

Aber Börje ging einfach nach draußen und legte Ernas Fahrrad in seinen Van. Während der Fahrt herrschte Schweigen. Sie betrachtete seine braunen Hände, die das Lenkrad hielten, dann warf sie einen scheuen Blick auf sein Profil. Er war schön, aber das war es nicht, was sie am meisten anzog, sondern dass er so ruhig und gelassen war und so klug. Sie verspürte dasselbe Kribbeln wie einige Stunden zuvor, als sie ihn mit nacktem Oberkörper gesehen hatte.

»Woran denkst du, Erna?«, fragte Börje plötzlich.

»Fahr nicht bis vors Haus, könntest du bitte bei den Briefkästen halten?«

Börje half ihr beim Ausladen, dann umarmten sie sich lange. Sie spürte sein pochendes Herz.

Er blieb noch eine Weile an der Landstraße stehen und sah ihr nach, wie sie davonradelte. Es war dunkel geworden, doch ihr helles Sommerkleid, das im schwachen Abendwind flatterte, war dennoch deutlich zu sehen.

Sie stellte fest, dass der Traktor an seinem gewöhnlichen Ort stand, aber in der Küche brannte nur das kleine Lämpchen im Fenster. Erna wurde unruhig. Da stimmte etwas nicht ... Die Küchentür war abgeschlossen, und sie geriet in Panik. Was war passiert? Die Eltern fuhren abends nie weg. Bevor sie den Schlüssel vom Haken nahm, lief sie über den Hofplatz und in den Schuppen. Das Auto stand an seinem Platz. Erna atmete schwer, als sie zur Küchentreppe zurückrannte und den Schlüssel aus seinem Versteck hinter der Regenrinne nahm.

»Ich bin wieder da. Wo seid ihr?« Erna stürmte ins Schlafzimmer ihrer Eltern und dann in die anderen Räume, nur um festzustellen, was sie bereits ahnte: Es war niemand zu Hause. Sie ging zum Küchentisch, wo immer ein Zettel lag, wenn jemand unerwartet das Haus verlassen hatte. Neben der Vase lagen nur ein paar herabgefallene Rosenblätter. Es gibt sicher eine logische Erklärung, dachte Erna, die gibt es immer, aber ihre Augen füllten sich mit Tränen.

Ihr Vater war aufgebracht in Kivik herumgefahren. Er hatte doch wohl ihrer Mutter nichts angetan? Nein, das Auto stand noch da, und in der Küche sah es aus wie immer. Vielleicht ist ja etwas mit den Tieren, dachte Erna, und ein Hoffnungsschimmer glomm in ihren Augen auf. Wenn sie im Stall auf den Tierarzt warteten, dann schlossen sie natürlich die Küchentür ab. Im Stall brannte immer Licht, deswegen hatte sie sich weiter nichts gedacht. Sie schlüpfte rasch in eine Wolljacke und überquerte den Hof.

Auch im Stall war es still und menschenleer. Sie war

überzeugt, dass etwas Schlimmes passiert war, und flehte Gott um Hilfe an. In einer Ecke des Stalles stand eine Truhe mit altem Zaumzeug. Sie erinnerte an einen Sarg, und plötzlich musste Erna wieder an das Begräbnis ihrer Tante denken. »Denn du bist Erde und sollst zu Erde werden.«

Nein, nein, dachte sie. Es darf nichts passiert sein. Sie spürte, wie ihr der Schweiß zwischen den Brüsten hinunterlief. Ihre dünnen Strähnen fielen ihr in die Stirn. Plötzlich erstarrte sie.

»Du kannst wirklich gut mit Tieren umgehen, Mädchen.« Erna zuckte zusammen. Es war, als hörte sie Ernsts Stimme von oben.

»Zieh das Vieh an den Zitzen, dann kommt die Milch wie von selbst ... Die Viecher sind einfach etwas widerspenstig.«

Da war die Stimme wieder. Erna zitterte am ganzen Körper.

»Vati, Vati! Wo bist du?«

Erna drehte sich um, weil sie die Stimme orten wollte. »Wo bist du, Vati?«, rief sie. »Und du, Mutti, bist du auch da? Wollen wir nicht lieber ins Haus gehen?«

Als sie schließlich begriff, dass ihre Eltern nicht im Stall waren, stürzte ihre Welt ein. Leise trat sie in den Verschlag mit den Strohballen. Dort warf sie sich auf die Knie und sprach ein weiteres Gebet, bevor sie sich ermattet ins Stroh sinken ließ. Die Stimme ihres Vaters war so real gewesen, so freundlich. Und auf einmal schienen die positiven Erinnerungen wieder zum Leben zu erwachen.

»Zieh das Vieh an den Zitzen, dann kommt die Milch wie von selbst ... Die Viecher sind einfach etwas widerspenstig.«

Erna lächelte unter Tränen. Ihr Vater war an jenem Tag so aufgeräumt gewesen. Erna hatte den Zitzen keine Milch entlocken können, sie hatten herumgewitzelt, und als die Milch endlich gekommen war, hatte er sie gelobt. Ihre Mutter hatte in der Stalltür gestanden und gelacht. Da war Ernst auf sie zugegangen, hatte sie an der Schürze gezogen und bemerkt: »Und du bist auch ganz schön widerspenstig, Viola, aber melken kannst du … Und gackern auch, und zwar so dermaßen, dass man glauben könnte, dass du gleich ein Ei legst.«

Erna kam es so vor, als hätten viele der erfreulichen Erinnerungen mit dem Stall zu tun. Vielleicht überkam sie deswegen immer eine solche Ruhe, wenn sie hier war. Doch dieser Abend kam ihr vor wie eine Ewigkeit. Sie versuchte ihre Angst beiseitezuschieben. Ach, wenn sie nur bald nach Hause kämen, dann würde alles wieder gut werden.

Börje stand neben dem Telefon. Seltsam, dass niemand ranging. Erna musste doch zu Hause sein. Ihn hatte eine unerklärliche Sorge erfüllt, nachdem er Erna an den Briefkästen abgesetzt hatte. Was, wenn ihr Vater sie jetzt geschlagen hatte? Er schien ja ganz schön jähzornig zu sein.

Schließlich hatte er beschlossen, sie anzurufen. Es war ihm egal, was der Alte sagen würde. Er brauchte Erna, und sie brauchte ihn. Das spürte er. »Vielleicht habe ich mich verwählt?«, sagte er halblaut. Er nahm den kleinen Zettel mit Ernas Nummer vom Schreibtisch und wählte erneut. Lange stand er mit dem Hörer in der Hand da und dachte nach. Er erinnerte sich an die beiden rätselhaften Anrufe vorhin. Er hatte gehört, dass jemand am anderen Ende gewesen war.

Eine Weile ging er in der Küche auf und ab. Begann abzuspülen und zündete sich seine Pfeife an, doch dann nahm er die Autoschlüssel von der Fensterbank und begab sich in die Dunkelheit hinaus.

Erst als er Kivik hinter sich hatte, fiel ihm ein, dass er Wein getrunken hatte. Nicht viel, aber sicher zu viel, um eine Polizeikontrolle unbehelligt zu passieren. Da kam ihm plötzlich in den Sinn, dass er auch Erna nach Hause gebracht hatte, obwohl er Alkohol im Blut gehabt hatte. Keiner hatte daran gedacht, weil sie beide so erregt gewesen waren. Er erwog umzukehren, aber als er Erna vor seinem inneren Auge sah, wie sie mit flatterndem Kleid den dunklen Sandweg entlangradelte, beschloss er weiterzufahren. Die Polizeipräsenz in der Gegend war gering, und manchmal vergingen Monate, ohne dass er einen Streifenwagen sah.

Er schloss das Seitenfenster, weil er Angst hatte, dass die Gedanken, die ihm durch den Kopf gingen, nach draußen verschwinden würden. Ernas Freude, als sie am Abend zu ihm gekommen war, ihre traurigen Augen beim Abschied. Falls Ernst zu Hause war, würde er ihm gehörig seine Meinung sagen.

Börje parkte auf dem Vorplatz. Er klopfte an die Küchentür und schaute durchs Küchenfenster, sah aber niemanden. Dann öffnete er die Tür einen Spalt. Da standen Ernas Schuhe. Immerhin ist sie zu Hause eingetroffen, dachte er. Er rief ihren Namen.

»Erna, Erna, ich bin's, Börje ... bist du da?«

Er drehte sich um und spähte in die Dunkelheit. Den

Traktor sah er, aber kein Auto. Dann entdeckte er Licht im Stall und begab sich mit energischen Schritten dorthin. Er öffnete die Tür einen Spalt und schaute hinein. Die meisten Boxen waren leer, da die Tiere auf der Weide waren. Irgendwo lärmten ein paar Schweine. Die feuchte Wärme und die Gerüche schlugen ihm entgegen. Niemand war zu sehen. Am Ende des Stalls war eine Tür. Er öffnete sie. Dahinter war es dunkel. Er wollte sie gerade wieder schließen, als er das Schluchzen hörte. Im schwachen Schein des Stalllichtes sah er Erna im Heu sitzen und weinen.

»Erna! Geliebte Erna!«

Sie sprang auf und warf sich in seine Arme, weinte und schniefte. Börje verstand nicht, was sie sagte.

»Sie sind nicht zu Hause, glaubst du, dass etwas passiert sein könnte?«

»Komm, wir gehen rein. Du frierst ja.«

Obwohl sie eine Wolljacke trug, zitterte sie. Er legte ihr seine Jacke um die Schultern. Während sie dicht nebeneinanderher gingen, schluchzte Erna weiter. Börje schwieg. Er sah ein, dass es sinnlos war, Fragen zu stellen, bevor sie sich beruhigt hatte.

»Warum bist du hier? Weißt du, was passiert ist?«, schniefte sie.

Börje riss ein Stück Küchenkrepp ab und reichte es ihr. Sie schnäuzte sich immer wieder und sah unglücklich aus.

»Es war niemand zu Hause. Der Traktor und das Auto standen an ihrem gewohnten Platz, die Tür war abgeschlossen, aber auf dem Tisch lag kein Zettel.« Sie schluchzte erneut und riss sich selbst ein großes Stück Küchenkrepp ab.

»Vielleicht haben sie ja irgendwelche Nachbarn besucht?«

»Hier gibt es fast keine Nachbarn. Außerdem pflegen sie mit niemandem Umgang«, antwortete sie, als hätte sie an diese Möglichkeit noch gar nicht gedacht. Früher hatten sie sich noch mit ein paar anderen Familien getroffen, aber im Laufe der Jahre waren die Begegnungen immer seltener geworden und hatten schließlich ganz aufgehört.

»Ich habe Vater dort draußen sprechen hören«, sagte Erna. »Direkt über meinem Kopf. Aber dann war da niemand, und dann war da dieser Sarg … und den Pfarrer habe ich auch gehört.«

»Was für ein Sarg?«

»Meine Tante wurde in so einem ähnlichen beigesetzt. Aber es war nicht ihrer.«

Börje versuchte sie zu trösten. »Du bist müde, Erna. Im Stall gibt es keine Särge.«

»Nein, keine richtigen. Vater war auch nicht dort, aber ich habe seine Stimme gehört. Sie klang so freundlich.«

In dem Moment, als die alte Pendeluhr elf schlug, klingelte das Telefon. Erna riss den Hörer von der Gabel und meldete sich.

»Oh nein, ist es schlimm? Wird er sterben?« Erna begann noch heftiger zu weinen. »Nein, das verstehe ich. Soll ich kommen? Nicht?«

Nachdem Erna aufgelegt hatte, setzte sie sich auf die Küchenbank und starrte vor sich hin.

»Ist er krank?«, fragte Börje.

»Das Herz. Aber er lebt. Er muss in der Klinik bleiben.«

»Und deine Mutter?«

»Sie kommt nachher mit dem Taxi.«

»Aber ich hätte sie ja ...«

»Nein, sie kommt mit dem Taxi«, fuhr Erna fort.

»Soll ich warten, bis sie kommt?«

»Würdest du das tun? Es ist doch schon so spät.«

»Natürlich bleibe ich«, erwiderte Börje. Er ging auf Erna zu und fasste sie an den Schultern. »Alles wird sicher gut«, versuchte er sie zu trösten.

Die freundlichen Worte trieben Erna wieder Tränen in die Augen. »Glaubst du, er stirbt?«, fragte sie plötzlich.

»Er ist stark wie ein Stier, das habe ich selbst gesehen, als ich ihm mit dem Traktor geholfen habe. Setz erst mal einen Kaffee auf, bis deine Mutter nach Hause kommt.« Er gab ihr einen Klaps auf den Hintern, und sie lächelte schwach. Er stand auf, strich seine Hose glatt und knöpfte sich den obersten Knopf seines Hemds zu.

»Man sollte halbwegs präsentabel aussehen, wenn man seiner zukünftigen Schwiegermutter vorgestellt wird.«

»Über so was macht man keine Witze«, erwiderte Erna.

Einige Zeit später bog das Taxi auf den Vorplatz ein. Erna öffnete die Tür und umarmte ihre Mutter.

»Wie geht es ihm?«

»Sein Zustand ist stabil, aber kritisch.«

»Das hier ist Börje.« Erna deutete auf Börje, der Viola seine Hand hinhielt.

»Guten Abend«, sagte Viola. »Wie nett, dass Sie bei Erna geblieben sind. Sie hat viel von Ihnen erzählt.«

Sie saßen lange am Küchentisch. Zum ersten Mal blieb Ernsts Platz leer. Viola erzählte, ihr Mann sei sehr wütend gewesen, dass Erna losgezogen sei. Er habe sie gezwungen, die Pläne seiner Tochter preiszugeben. Dann sei er aufgebrochen, um nach ihr zu suchen.

Bei seiner Rückkehr sei er müde und erschöpft gewesen. Er habe ein paar Tabletten genommen, zweimal eine Telefonnummer gewählt, aber dann einfach nur schweigend mit dem Hörer in der Hand dagestanden. Viola hatte sich gefragt, ob er wohl das Krankenhaus anrief, hatte aber auf diese Frage keine Antwort erhalten, weil er gleich darauf auf dem Fußboden zusammengebrochen war.

»Ich habe dann bei Börje angerufen, weil ich wusste, dass du dort warst, aber das Telefon funktionierte nicht.«

Börje sah beschämt aus, sagte aber nichts.

»Dann habe ich den Krankenwagen gerufen.«

»Ich kann euch morgen zum Krankenhaus fahren, wenn ihr wollt. Ruft einfach an.«

Börje stand auf, dann ging er noch einmal auf Erna zu und flüsterte ihr ins Ohr: »Mein kleiner Pfau.« Dann kniff er ihr scherzhaft in die Wange und sagte: »Bis morgen!«

Erna stand noch lange auf der Treppe, nachdem sein Van verschwunden war. Sie schaute über den leeren Vorplatz. Schon seltsam, Traktor und Auto waren da, aber ihr Vater nicht. Beinahe fehlten ihr seine mürrische Stimme und seine ironischen Worte.

»Erna, komm rein! Du frierst!«, rief ihre Mutter von drinnen. Sie hatte sich auf einen Küchenstuhl fallen lassen und die Hände fest im Schoß gefaltet.

»Vati lässt dich grüßen.«

»Mich?«

»Als er wieder zu sich kam, hat er sofort nach dir gefragt. Er redete die ganze Zeit nur darüber, was er alles falsch gemacht habe, sogar über Dinge, die ich schon längst vergessen hatte. Er hat sich selbst beschimpft, und zum Schluss musste ihn die Schwester sogar ermahnen, sich auszuruhen. Er redete aber immer weiter. Wenn ich sterben muss, sagte er, dann sag Erna, dass Börje ein guter Mann ist. Außerdem sollst du Börje fragen, ob er nicht die Flasche unter den Küchendielen für den Leichenschmaus stiften will.«

»Hat er das gesagt?«, fragte Erna. »Hat er das wirklich gesagt, Mutti?«

»Ja, und bevor ich gegangen bin, hat er noch gesagt, deine Zeichnung sei wunderschön, er habe sie nämlich bei Börje gesehen.«

Es war ein seltsamer Abend. Sie hatte erkannt, dass ihr Vater sie lieb hatte, obwohl es ihm schwerfiel, das zu zeigen. Wenn sie nachdachte, so war er in der Tat manchmal stolz auf sie gewesen. Ihre Mutter erzählte, dass sie einige Tage nach der Auktion mit ihm beim Getreidehändler gewesen war. Dort hatte er zu Månsson gesagt: »Erna hat sich einen Haufen Bücher gekauft. Sie ist klug wie eine Eule, das Mädchen. Man kann sie fragen, was man will, und sie weiß immer die Antwort, manchmal sogar ohne nachzudenken.«

Während sie ihr Flanellnachthemd über den Kopf zog, meinte Viola: »Börje scheint wirklich ein guter Junge zu sein.«

Erna antwortete nicht, sondern ging in ihr Zimmer, um ihren Schlafanzug zu holen.

»Mutti, heute Nacht schlafe ich bei dir.«

Viola antwortete nicht, sondern lächelte nur. Dann schlug sie die Decke beiseite, damit Erna ins Bett kriechen konnte.

Der Wasserhahn in der Küche tropfte und erinnerte Erna daran, wie sie Börje so fest in den Armen gehalten hatte, dass sie seinen Herzschlag hören konnte. Vorsichtig fuhr sie sich mit den Händen über die Brüste und hatte das Gefühl, als hätten sie die Wärme von Börjes Berührung gespeichert. Zum ersten Mal waren ihre Brüste zu etwas gut. Sie hatte oft darüber nachgedacht, hauptsächlich wenn sie ihre Tage hatte und ihr Busen schmerzte, und sie war der Meinung gewesen, dass es genügt hätte, wenn die Brüste erst zur Geburt der eigenen Kinder gewachsen wären, weil man sie vorher nicht benötigte. Manchmal waren sie ihr wie leere Milchkartons vorgekommen, die einfach nur im Weg waren. Aber an diesem Abend war es anders. Sie erwartete zwar kein Kind und wagte immer noch nicht, daran zu glauben, dass Börje sie für immer haben wollte, aber trotzdem war es ihr vollkommen natürlich vorgekommen, als er ihre Brüste gestreichelt hatte. Sie hatte gespürt, wie sich ihre Brustwarzen unter seinen Händen aufgerichtet hatten. Seine Hände waren eifrig und neugierig gewesen, aber sie hatte sie nicht unterhalb des roten Lackledergürtels gelassen. Er war nicht zudringlich gewesen, nur zärtlich, und sie hätte beinahe die Ermahnungen ihrer Mutter vergessen. Ihre Zurückweisung hatte ihn nicht erbost, er hatte ihr über die Wange gestreichelt, sie auf die Hand geküsst und sie dann einfach nur lange angesehen.

»Erna, ich weiß nicht, was ich sagen soll. Dein Anblick raubt mir den Verstand. Hörst du?«, hatte er gesagt.

Dann hatte er sie erneut umarmt, sich mit ihr in der Küche im Kreis gedreht, und obwohl sie gelacht hatten, waren ihre Blicke ernst gewesen.

Erna lächelte. Wie anders alles geworden war. Sie fühlte sich stark, reif und voller Energie. Es war, als hätten die Spannung und die Erwartung sie schöner gemacht. Letzte Woche war ihr das Haar irgendwie dichter und weniger widerspenstig vorgekommen. Und ihre Augen hatten einen anderen Glanz als früher. »Ich freue mich für dich, Erna«, hatte ihre Mutter gesagt und ihr die Hand auf den Arm gelegt. »Ich sehe, dass du glücklich bist, und das freut mich.«

Plötzlich überkam sie wieder die Wehmut. Sie fragte sich, ob sie an den plötzlichen Herzbeschwerden ihres Vaters schuld war. Schließlich war er sehr aufgebracht gewesen, als er mit dem Traktor herumgefahren war. Aber hatte er diese Beschwerden nicht schon früher gehabt? Sie kam zu dem Schluss, dass es nicht ihre Schuld sein konnte. Ihre Zeichnung hatte ihm doch auch gefallen. Sie lächelte. Vielleicht würde sie ihm ja eine der neuen Postkarten schicken.

Am Tag darauf fuhr Börje sie zum Krankenhaus. Er hielt es für ratsam, Ernst nicht zu besuchen, und wartete in der Cafeteria.

Ernst sah in seinem weißen Krankenhausnachthemd kläglich aus. Erna hatte ihm einen Strauß Tagetes mitgebracht und stellte ihn auf den Nachttisch.

»Schöne Schartierungen«, sagte er und lächelte Erna an.

»Das heißt Schattierungen.«

»Verdammt, Mädchen, dass du mich immer korrigieren musst«, erwiderte ihr Vater und hielt ihr die Hand hin. »Gibt es Branntwein zum Begräbnis?«

Erna sah entsetzt aus.

»Keine Sorge«, meinte er. »Das war nur ein Witz.« Er lächelte Viola an. »Jetzt ist nicht der richtige Zeitpunkt zum Sterben. Wir haben schließlich nicht genug Wasser im Brunnen, und da ihr so verschwenderisch damit umgeht, muss ich euch im Auge behalten.«

Sie lachten alle drei, und Viola stand auf und half Ernst, aus dem Wasserglas zu trinken, das auf dem Nachttisch stand.

»Du darfst nicht sterben«, sagte Viola, »auch nicht, wenn es dann wieder genug Wasser im Brunnen gibt.«

»Wenn ich nicht bald hier rauskomme, dann sterbe ich wirklich, so viel ist sicher. Hier gibt es ständig Gemüseauflauf und Rührei, davon wirst du doch nicht satt. Ich vermisse deine panierten Koteletts, Viola. Außerdem bestehst du nicht darauf, dass ich alle Viertelstunde pinkeln gehe. Hier soll man mehr pinkeln, als man trinkt, und die Doktoren sind alle noch grün hinter den Ohren und reden so, dass man sie nicht versteht. Gestern hab ich einen von ihnen gefragt, ob er mir etwas gegen schlechte Laune verschreiben könnte, aber er hat mich mit seinen kalten Augen völlig ratlos angeschaut.«

Ernst stützte sich auf dem Ellbogen auf und deutete auf das leere Bett neben ihm.

»Mein Bettnachbar hat die Frage gehört und gemeint, das würde sich mit den Jahren geben.«

»Was?«, fragte Erna, die an Börje gedacht hatte und der Unterhaltung nicht gefolgt war.

»Die schlechte Laune natürlich. Das wird von allein besser. Ihr werdet schon sehen, sonst muss ich eben zu so einem Hymopathen gehen, der einem in die Augen glotzt.«

»Homöopathen«, verbesserte ihn Erna, aber Ernst schien das egal zu sein.

Viola schaute auf die Uhr. »Die Zeit ist bald um«, sagte sie.

»Von wegen! Ich habe euch doch versprochen, nicht zu sterben.«

»Die Besuchszeit, du Dummerchen«, lachte Viola.

»Ach so, na, dann seht zu, dass ihr nach Hause kommt, sonst bin ich vielleicht noch vor euch da«, scherzte Ernst, aber sie sahen, dass er noch immer verängstigt war.

Erna und Viola hatten ohne Ernst auf dem Hof sehr viel zu tun. Trotzdem fand Erna genug Zeit, um sich mit Börje zu treffen. Einige Male, als schwere Arbeiten anfielen, half Börje auf dem Hof mit. Viola mochte ihn ganz offensichtlich, und die drei hatten sich viel zu erzählen, wenn sie am Küchentisch saßen.

Einmal, als Börje damit beschäftigt war, neue Dachpappe auf dem Dach des Schuppens zu verlegen, kam Erna auf dem Rad vorbei, um zur Post zu radeln, und er hatte ihr fröhlich aus der Höhe zugewinkt. »Pass auf, dass du nicht runterfällst!«, hatte sie ihm zugerufen, bevor sie auf dem schmalen Kiesweg schwankend weitergeradelt war.

Börje lächelte. Sie war so gutherzig und freundlich, fast wie Valborg. Überhaupt besaßen sie viele Ähnlichkeiten: den Humor, die Intelligenz und die innere Ruhe, die sie ausstrahlten. Und natürlich die Tatsache, dass er sie liebte. Valborg war zwar schon tot, aber er spürte trotzdem ihre Nähe. Immer noch versetzte es Börje einen Stich, wenn er etwas tat, was Valborg missfallen hätte. Wie letzte Woche: Da hatte er einen Rührkuchen gebacken und den Zeigefinger zum Probieren in den Teig gesteckt. Er war sich ertappt vorgekommen, als hätte ihn Valborg vorwurfsvoll aus ihrem Himmel angeschaut.

»Pass auf, Junge, du bleibst noch im Teig kleben«, hatte sie immer gesagt, »und wenn du Bazillen am Finger hast, dann wachsen sie in der Hitze des Ofens. Sie können so groß werden wie Ratten und dir die Ohren abkauen, während du schläfst.«

Börje schauderte es. Er wusste, dass Valborg ihm keine Angst hatte einjagen wollen, aber trotzdem hatte er abends oft wach gelegen, weil er befürchtet hatte, die Ratten würden kommen und ihn annagen. Als er seiner Großmutter davon erzählt hatte, forderte diese Valborg auf, ihn in Zukunft nicht mehr so zu ängstigen. Börje hatte sich geschämt, weil Valborg eine Zurechtweisung erhalten hatte. Die hatte ihm aber keinen Vorwurf gemacht, sondern versucht, die Sache mit einem Scherz abzutun.

»Heute Abend stelle ich Fallen auf, dann stößt deinen Ohren nichts zu«, hatte sie gesagt. Sie hatten gelacht, Valborg hatte ihn umarmt, und er hatte sich geborgen gefühlt und war glücklich gewesen. Genauso glücklich war er jetzt zusammen mit Erna.

Börje arbeitete ruhig und systematisch auf dem Dach weiter. So hoch oben fühlte er sich dem Himmel und Valborg näher, und das machte ihn froh.

Viola verfolgte Börjes Arbeit durch das Küchenfenster. Er ist geschickt, obwohl er Stockholmer ist, dachte sie. Wir können ihn auf dem Hof wirklich gut gebrauchen, nicht nur jetzt, sondern sicher auch, wenn Ernst wieder zu Hause ist.

In den letzten Jahren war der Hof vernachlässigt worden. Ernsts Kräfte nahmen spürbar ab. Ihr war klar, dass Börje selbst genug zu tun hatte, denn er hatte von seinen Plänen, seinem Atelier und den geplanten Kunstausstellungen erzählt. Trotzdem ist es gut, dass wir ihn jetzt haben, dachte sie.

Erna hielt vor dem Postamt. Sie schloss ihr Fahrrad sorgfältig ab und verstaute den Schlüssel in ihrer Tasche. Warum, wusste sie eigentlich nicht, denn das Fahrrad war alt und klapprig.

Der Mann, der im Kurhotel eingebrochen war, saß inzwischen hinter Schloss und Riegel. Die Polizei hatte sie vor einigen Tagen angerufen und ihr für ihren wertvollen Hinweis gedankt, der zur Festnahme geführt hatte. Der Mann hatte die Straftat gestanden. Selbst wenn er noch auf freiem Fuß gewesen wäre, hätte er sich vermutlich nicht um mein altes Fahrrad geschert, dachte Erna. Sie war stolz darauf, dass sie der Polizei hatte behilflich sein können, schämte sich aber immer noch wegen ihres nächtlichen Besuchs beim Hotel. Sie hatte Börje noch nichts davon erzählt, wollte das aber bei nächster Gelegenheit nachholen.

»Hallo, Erna, was hältst du von einer Fußbehandlung, damit wir uns mal wieder in Ruhe unterhalten können?«

Erna drehte sich um und sah in Gittans wache Eichhörnchenaugen.

»Wenn du weiter so an meinen Füßen herumfeilst, ist bald nichts mehr von ihnen übrig«, meinte sie grinsend.

Gittan kam auf sie zu und flüsterte ihr ins Ohr: »Ich habe mir sagen lassen, dass du der Polizei geholfen hast, einen Einbrecher zu fangen. Hast du ihm wirklich so fest in den Bauch getreten, dass er Blut gespuckt hat?«

Derartige Übertreibungen sahen Gittan ähnlich.

»Wer hat das gesagt?«, fragte Erna bestürzt.

»Das habe ich im Radio gehört«, erwiderte Gittan und lachte.

Erna vermutete, dass Gittan irgendetwas über den Vorfall gehört und es dann entsprechend ausgeschmückt hatte. Sie übertrieb immer, wollte immer die Erste sein, die etwas wusste, der Wahrheitsgehalt war da zweitrangig.

»Nein, Gittan, so mutig bin ich nicht. Ich bin ohnmächtig geworden und lag in einem Busch, aber ich habe den Einbrecher gesehen und konnte so der Polizei helfen, ihn zu identifizieren.«

»Wie aufregend! Bengtsson aus der Eisenwarenhandlung hat gesagt, du willst heiraten. Wer ist es denn, Erna? Doch wohl nicht der Typ aus dem Kurhotel? Das war nur ein Witz«, fügte sie rasch hinzu, als sie sah, dass Erna die Stirn runzelte.

Erna hatte keine Lust mehr auf das Gespräch und ging auf die Eingangstür der Post zu.

»Falls du vor der Hochzeit eine Fußbehandlung brauchst, dann ruf an«, rief Gittan ihr noch hinterher.

Es war schwer, Gittan böse zu sein. Sie war naiv und gedankenlos, aber sie meinte es nicht böse, das wusste Erna.

»So ist's recht!« Fischer Måns klopfte Erna auf die Schulter. Als er ihren ratlosen Blick sah, fuhr er fort:

»Er hat hier des Öfteren sein Unwesen getrieben, gut, dass du dafür gesorgt hast, dass er jetzt hinter Schloss und Riegel sitzt, Erna. Und mutig bist du auch.«

Erna dankte ihm für die freundlichen Worte. Dann war sie im Postamt an der Reihe.

12. Kapitel

Auf dem Heimweg dachte Erna an ihren Vater. Sie meinte ihn überall zu sehen, ja, es kam ihr vor, als schwebte sein Geist über dem Hof. Jahrelang hatte er sich alleine abgerackert. Natürlich hatten sie und ihre Mutter auch einen Teil der Arbeit geleistet, aber die schwersten Aufgaben hatte er immer alleine bewältigt. Erna erinnerte sich an einen Abend, als gleich drei große Bäume bei Sturm auf den Schuppen gestürzt waren. Ihr Vater hatte sich den ganzen Tag und den Abend lang abgemüht, und als er ins Haus gekommen war, hatte er gesagt: »Ein Junge, der mit anpacken könnte, wäre jetzt nicht schlecht.«

Erna hatte diesen Kommentar in ihrem Zimmer gehört. Sie erinnerte sich, dass sie ein schlechtes Gewissen gehabt hatte, weil sie ein Mädchen war. Am folgenden Morgen war sie aus dem Haus geschlichen, bevor ihr Eltern erwacht waren, und hatte versucht, die Motorsäge anzulassen, um die Äste der umgestürzten Bäume abzusägen. Sie hatte ihrem Vater eine Freude machen wollen, sie hatte ihm zeigen wollen, dass sie etwas taugte, obwohl sie ein Mädchen war. Glücklicherweise war ihre Mutter wenig später aus dem Haus gekommen, um die Zeitung aus dem Briefkasten zu holen.

»Sag mal, Erna, was soll das?«

Sie war auf sie zugestürzt und hatte sie fast gewaltsam zum Briefkasten mitgeschleift.

»Stell dir vor, Vati hätte das gesehen!«, hatte sie gesagt. Erna hatte überhaupt nichts begriffen. Gerade das hatte sie doch gewollt!

Erst nachdem ihr ihre Mutter erklärt hatte, wie gefährlich Motorsägen waren und was alles Schreckliches hätte passieren können, wurde ihr einiges klarer, sie war aber trotzdem enttäuscht gewesen. Sie hätte ihren Vater so gerne froh und stolz gemacht.

Erna radelte die leichte Anhöhe zum Hof hinauf. Die Eltern hatten sich um sie gesorgt, beide auf ihre Weise, das wusste sie, und das rührte sie.

Als sie auf den Hof fuhr, sah sie, dass Börje nicht mehr auf dem Dach war. Plötzlich erstarrte sie. Neben dem Brunnen stand ihre Mutter. Sie war blass und ihre Gesichtszüge starr. Sie starrte in den dunklen Brunnen. Der Brunnendeckel lag daneben. Erna warf ihr Fahrrad beiseite und rannte auf den Brunnen zu.

»Börje, Börje!«

»Bist du schon zu Hause, Erna?«, hörte sie Börjes ruhige Stimme aus dem Brunnen.

Erna warf sich auf den Bauch und schaute hinunter in die Dunkelheit. »Komm rauf, Börje! Das ist gefährlich … hörst du?«

Ihre Mutter beugte sich vor und hielt sie am Kleid fest, weil sie Angst hatte, sie könnte in den Brunnen fallen.

»Brauchst du eine Brille, Erna? Hier liegt eine. Man muss sie nur putzen, dann ist sie wie neu«, rief Börje von unten hoch.

Erna sah ihre Mutter an, die jetzt lächelte. »Schon gut, Kind. Alles ist in Ordnung. Und Vaters Brille hat er auch gefunden, er braucht also nicht weiter im Brunnen zu angeln.«

»Der Brunnen muss vermutlich etwas tiefer gegraben werden, wenn das Wasser reichen soll«, meinte Börje, als er wieder oben auftauchte.

»Jetzt kommt das Wasser!« Erna lachte, und plötzlich war es, als hätte sich der Himmel geöffnet. Es schüttete, und die drei rannten ins Haus. Kaum hatten sie die Tür hinter sich geschlossen, da blitzte es auch schon. Wenig später donnerte es. Erna sprang auf und zog den Fernsehstecker aus der Steckdose.

»Das Wasser können wir gut brauchen«, meinte Viola, »im Brunnen und auf den Beeten.«

Das Gewitter kam näher, und Erna zählte die Sekunden zwischen Blitz und Donner.

»Es ist nur noch einen Kilometer entfernt. Haben wir irgendwo Kerzen, Mutti?«

Noch bevor Viola die Kerzen hervorgesucht hatte, erlosch das Licht. Viola suchte in einer Küchenschublade. Wenig später brannten zwei Kerzen auf dem Tisch. Plötzlich schrillte das Telefon.

»Geh nicht ran, Mutti. Bei Gewitter ist das gefährlich.«

»Und wenn jetzt was mit Vati ist?«

Viola nahm den Hörer ab. »Doch, uns geht es gut, aber es gewittert. Der Strom ist ausgefallen. Geht es dir gut?«

»Komm her, Börje«, sagte Erna verängstigt.

»Nein, Ernst, hier ist niemand. Wieso Stimmen? Nein, das ist das Radio. Was, kein Strom? Ach so, für das Radio! Dann muss es etwas anderes gewesen sein.«

Die Küche wurde von einem grellen Blitz erhellt. Gleichzeitig knallte es laut. Viola ließ den Telefonhörer los.

Börje stürzte zu ihr. »Hallo! Hallo!«, rief er in den Hörer. »Keine Verbindung mehr«, stellte er fest.

»Nicht so schlimm. Vati geht es jedenfalls gut, Erna, er kommt bald nach Hause.«

Das Licht flackerte einige Male auf, dann brannte die Deckenlampe wieder.

»Jetzt ist es vorbeigezogen«, sagte Erna erleichtert.

Die beiden Frauen sprachen durcheinander, und Börje dachte an seine Mutter. Das musste etwas typisch Weibliches sein. Seine Mutter plapperte auch ununterbrochen, wenn sie nervös war, ein Wortschwall, um die Angst zu verbergen.

»Kannst du nicht heute Nacht hierbleiben, falls das Gewitter zurückkommt?«, fragte Erna, ohne ihre Mutter anzusehen.

»Ich kann auf der Küchenbank ein Bett richten«, meinte Viola zum großen Erstaunen ihrer Tochter. Sie holte Laken aus dem großen Eichenschrank, der noch von ihren Schwiegereltern stammte.

Erna war gerührt, als sie sah, wie ihre Mutter Börje das Bett machte. Sie glättete das Laken, schüttelte das Kissen auf und schlug die Decke beiseite, damit es einladend aussah.

»So viele Umstände meinetwegen!«

»Wir sind sehr dankbar«, meinte Viola, räusperte sich nervös, sagte Gute Nacht und verschwand im Schlafzimmer.

»Deine Mutter ist ein lieber Mensch, Erna, genau wie du.« Er umarmte sie und küsste sie zärtlich. »Komm, wir gehen raus und setzen uns noch etwas auf die Bank. Nach dem Regen ist die Luft immer so angenehm.«

Widerwillig ging Erna mit, warf aber erst noch einen vorsichtigen Blick in Richtung Elternschlafzimmer.

Dicht nebeneinander saßen sie auf der Gartenbank und sprachen von dem Abend, an dem sie beide bei Gewitter beim Königsgrab gewesen waren.

»Dass du es gewagt hast, bei Dunkelheit allein dorthin zu radeln, Erna!«

»Aber das hast du doch auch getan!«

»Das ist ein Unterschied, Erna. Ich bin ein Mann.«

»Als ob das eine Rolle spielen würde! Der Blitz schlägt überall ein und macht auch vor Männern nicht halt. Schließlich habe ich auch dafür gesorgt, dass der Einbrecher festgenommen wurde!«, sagte Erna plötzlich.

»Welcher Einbrecher?«, fragte Börje erstaunt.

»Der vom Kurhotel!« Dann erzählte Erna die ganze Geschichte über ihren nächtlichen Besuch, über die Getränkekiste und wie sie in den Büschen ohnmächtig geworden war.

»Meine Güte, Erna, du bist wirklich nicht ganz bei Trost. Hör mal, das darfst du nie wieder tun. Das ist gefährlich. Schau mich an! Versprich es mir! Nie wieder! Du brauchst mich, Erna. Man kann dich einfach nicht allein lassen.« Er schüttelte sie scherzhaft, und sie lachten. »Erna Henningsson, der Sheriff von Kivik, die Gehilfin der Polizei und der Schrecken der Einbrecher.« Er nahm ihre Hand, und sie gingen in die warme Küche zurück.

»Wenn deine Mutter dasselbe Ermittlertalent hat, ist es vielleicht das Beste, wenn du dich in dein eigenes Bett legst.«

»Glaubst du, es lässt sich darauf schlafen?«, fragte Erna und deutete auf die Küchenbank.

»Wenn man mir nur Platz macht, bestimmt.« Börje hob Murran, die es sich dort bequem gemacht hatte, von seiner Decke. »Und wer hat überhaupt was von Schlafen gesagt? Ich werde die ganze Nacht an dich denken.«

Erna gab ihm einen raschen Kuss auf die Wange und ging auf ihr Zimmer zu.

»Erna, wer hat eigentlich die Brille in den Brunnen geworfen?«

Erna hielt sich die Hand vor den Mund, um ein Lachen zu unterdrücken. »Darüber reden wir ein andermal, Börje«, sagte sie und schloss ihre Zimmertür.

Börje war hellwach. Tausend Gedanken gingen ihm durch den Kopf. Er hatte das Gefühl, Erna wäre immer noch in der Küche. Sie war überall gegenwärtig, wo auch immer er sich befand und was er auch tat. Die Bettwäsche duftete gut, fast wie Valborgs Parfüm, das sie an Sonntagen benutzt hatte. Ach, Valborg, dachte er. Du hättest Erna auch gemocht. Da bin ich mir sicher.

Sein Blick irrte in der Küche umher und blieb schließlich an Ernas Tür hängen. Hundert Kronen für einen Karton Bücher, und dann hatte er Erna sozusagen als Dreingabe bekommen. Das Leben nahm manchmal wirklich einen seltsamen Verlauf.

13. Kapitel

Am folgenden Wochenende wollte Börje Viola und Erna zu einem Autoausflug einladen. Viola protestierte erst und meinte, die jungen Leute sollten sich alleine amüsieren.

»Wir wollen, dass du mitkommst. Börje möchte möglichst viel über die Region erfahren, und du weißt so viel, Mutti.«

Viola hatte sich geschmeichelt gefühlt und versprochen mitzukommen. Am Tag vor ihrem Ausflug hatte Viola sehr fröhlich gewirkt. Sie war schon lange nicht mehr unterwegs, dachte Erna, außer auf Versteigerungen natürlich. Am Abend vorher probierte Viola ein Kleid an, als Erna aus dem Stall ins Haus kam, und fühlte sich offenbar ertappt.

»Aber, Mutti, hast du ein neues Kleid genäht?«

»Ach was, das habe ich schon lange, aber Vati findet die Blumen so hässlich. Er hat sie mit dem gelben Unkraut in den Beeten verglichen.«

»Die sind doch hübsch! Natürlich nicht in den Beeten, aber das Kleid ist wirklich wunderschön.«

»Danke, Erna!«

Ernst hatte während seines Aufenthalts im Krankenhaus viel Zeit zum Nachdenken gehabt. Es erfüllte ihn mit Dankbarkeit, dass er sich wieder besser fühlte. Wenn er auf dem Korridor spazieren ging, merkte er jedoch, dass seine Kräfte nachgelassen hatten. Mit Besorgnis dachte er an den Hof und überlegte, ob er die Kraft haben würde, die Landwirtschaft weiter zu betreiben. Er machte sich Sorgen darüber, wie wohl Viola und Erna während seiner Abwesenheit zurechtkamen. Vielleicht verschwendeten sie ja so viel Wasser, dass der Brunnen vollständig versiegte. Das Gespräch mit Viola während des Gewitters hatte ihn ebenfalls nachdenklich gestimmt. Erna hatte sich mit jemandem unterhalten. Er war sich fast ganz sicher. Viola hatte gesagt, das sei das Radio, aber da der Strom ausgefallen war, musste es etwas anderes gewesen sein.

»Jetzt müssen wir aufs Klo«, sagte eine freundliche Krankenschwester, die ins Zimmer getreten war.

»Wir?«, erwiderte Ernst mürrisch. »Sie können meinetwegen aufs Klo, aber ich habe wirklich keinen Tropfen mehr übrig.«

»Doch, doch, es geht sicher. Alles geht, wenn man nur will.«

»Ich will nicht aufs Klo, und ich kann auch nicht. Liegt es vielleicht an meinem Dialekt, dass Sie mich nicht verstehen?«

Die Schwester war aus Stockholm. Das wusste Ernst. Manchmal musste sie mehrmals nachfragen, als würde sie nicht verstehen, was er sagte.

»Ich lasse eine Weile das Wasser laufen, dann geht es bestimmt.«

»Ich habe was von Sparmaßnahmen im Gesundheitswesen gelesen. Stellen Sie das Wasser wieder ab! Das ist Verschwendung! Ja, ja, ich geh ja schon, damit Sie endlich zufrieden sind.«

Die Schwester aus Stockholm mochte er nicht, aber die

meisten anderen waren nett und freundlich. In ihren weißen Kitteln schienen sie einen Engelsreigen zu tanzen.

Einmal hatte ihn eine Frau aus der Krankenhausbibliothek besucht. »Möchten Sie vielleicht ein Buch ausleihen?«

»Ich denke, ich komme auch ohne zurecht«, hatte Ernst mit freundlicher Stimme erwidert.

»Hier hätten wir eines mit schönen Bildern«, hatte die Frau erklärt, »falls man nicht mehr die Kraft zum Lesen hat.«

»An der Kraft fehlt es nicht, eher am Interesse«, hatte Ernst freundlich erwidert. Die Frau hatte ebenso antik gewirkt wie ihre Bücher. Vermutlich meint sie es gut, hatte er gedacht.

»Meine Tochter hat jede Menge Bücher, sie hat einen ganzen Schrank voll.« Ernst hatte stolz ausgesehen, aber die Dame mit den Büchern hatte ihn verständnislos angesehen. Sie hatte genickt und war mit ihrem Bücherwagen wieder auf dem Korridor verschwunden.

Ernst versuchte zu schlafen, aber er war nicht müde. Er sehnte sich nach der körperlichen Müdigkeit, die sich einstellte, wenn er sich einen ganzen Tag auf dem Hof abgerackert hatte. Das war eine echte und schöne Müdigkeit, auf die der Schlaf zügig folgte. Er schwang seine mageren Beine über die Bettkante und stieg in seine Pantoffeln. Er hatte sie vor einigen Jahren auf dem Kiviker Jahrmarkt gekauft. Viola und Erna hatten gefunden, er solle Pantoffeln aus Leder kaufen, aber er hatte gefunden, dass auch Kunstlederpantoffeln etwas taugten, außerdem waren sie billiger. Bequem hatte er sie allerdings nie gefunden. Irgendwie waren sie schwitzig. Natürlich hatte er nichts gesagt, weil es ihn beschämte, den Frauen recht geben zu müssen. Während seines Krankenhausaufenthalts hatte er oft darüber nachgedacht, dass Viola und Erna häufig recht behalten hatten. Er war stolz auf sie, hatte aber nicht vor, ein Wort darüber zu verlieren, weil das nur Übermut zur Folge gehabt hätte.

Er ging auf dem Korridor auf und ab, denn er wollte müde werden, um einschlafen zu können. Er spürte, dass er für seine Genesung Schlaf benötigte, und trotzdem wollte dieser sich nicht einstellen. Er hatte auf einen Besuch von Erna und Viola gehofft, aber sie waren nicht erschienen. Er hatte sich die Zähne geputzt und die Haare mit Wasser gekämmt, um präsentabel zu sein.

In einem der Aufenthaltsräume hing ein altes Gemälde, ein Bild von Jesus. Es erinnerte Ernst an das Gemälde im Wohnzimmer. »Jesus schaut dich an, du Früchtchen.« Die Stimme seines Vaters hallte ihm im Kopf wider. Er schämte sich, als er Jesus anschaute. Wenn der Herr jetzt alles, was er den beiden Frauen zu Hause angetan hatte, gesehen hatte? Zwar war sein Zorn manchmal berechtigt gewesen, aber in letzter Zeit hatte er eingesehen, dass er unnötig hart gewesen war.

Eigentlich wollte er gar nicht so streng sein, doch es hatte sich irgendwie so ergeben, und oft hatte er anschließend alles bereut. Wie oft hatte er sich gewünscht, Erna über die Wange zu streichen oder Viola für ihre Arbeit im Hause zu loben. Aber es war beim bloßen Gedanken geblieben.

War er ein schlechter Mensch? Eigentlich war er es gar nicht wert, gesund zu werden. Wenn er nur wieder nach Hause durfte, dann würde alles anders werden! Na ja, natürlich durften sie ihm das Zepter nicht ganz aus der Hand nehmen, aber er würde nicht mehr so unnachgiebig sein, das hatte er sich während seines Krankenhausaufenthaltes mehrmals vorgenommen. Und aus dem Krankenhauskiosk würde er zwei Tafeln Schokolade und für Erna, weil sie so gerne las, eine Zeitschrift mit nach Hause bringen. Er sehnte sich nach Hause. Nach Viola, die am Herd stand, und sogar nach Ernas Zurechtweisungen, wenn er etwas gesagt hatte, was nicht stimmte.

Irgendwann hatte er den Eindruck, als hätten ihn seine Sehnsucht und seine freundlichen Gedanken ermüdet. Zufrieden und guten Mutes kroch er in das bequeme Krankenhausbett, schaute an die Decke und folgte dem Schattenspiel der Bäume, die an den Wänden tanzten. Morgen kommen sie bestimmt, dachte er noch, bevor er endlich einschlief.

Als Erna am nächsten Morgen aus dem Stall kam, ging sie direkt unter die Dusche. Sie hatte zum ersten Mal Duschöl gekauft, das wunderbar duftete und sich auf der Haut ganz weich anfühlte. Sie seifte sich ein und ließ dann das Wasser über ihre Glieder laufen.

Plötzlich schien der Boden unter ihr nachzugeben. Es ging so schnell, dass sie keinen klaren Gedanken fassen konnte. In letzter Sekunde bekam sie den geblümten Duschvorhang zu fassen. Ein dumpfer Fall, dann war alles still. Erna lag, den Duschvorhang über sich, auf dem Fußboden. Sie wagte nicht, darüber nachzudenken, ob etwas gebrochen sein könnte.

»Erna, Erna! Was ist los?« Vor der Tür hörte sie die besorgte Stimme ihrer Mutter.

»Nichts, Mutti. Ich bin nur auf dem Duschöl ausgerutscht und hingefallen. Es ist alles in Ordnung.«

»Was denn für Duschöl? Hör mal, Erna, ist wirklich alles in Ordnung?«

»Ja, ja, keine Sorge. Au!« Erna stand vorsichtig auf und hielt sich am Wasserhahn fest, um nicht wieder hinzufallen. Sie musste lachen, kam sich aber gleichzeitig auch etwas albern vor. Dieses Duschöl war wirklich lebensgefährlich. Als sie fertig geduscht hatte, sorgte sie mit dem Schrubber dafür, dass wirklich der gesamte heimtückische Schaum im Abfluss verschwand.

Sie waren fast eine Stunde vor Börjes Eintreffen fertig und gingen unruhig auf und ab.

»Eigentlich hätten wir heute Vati besuchen sollen, Erna.«

»Das können wir doch auch morgen. Es geht ihm schließlich gut.«

»Schon, aber ...«

Erna ging ins Wohnzimmer und kam mit einem Fotoalbum zurück. Sie setzten sich auf die Küchenbank.

»Wie konntest du mich nur so anziehen, Mutti?«

»Lass mal sehen.«

Viola drehte das Album in ihre Richtung. Sie beugte den Kopf vor und betrachtete das Foto. »So sahen alle aus. Das stand dir richtig gut, Erna.«

»Aber die Schleife auf dem Rücken! Die sieht ja aus wie ein Propeller!«

»Deine Cousinen hatten auch solche Schleifen.«

»Als würde das etwas besser machen! Hübsch ist das jedenfalls nicht.« Erna blätterte weiter. »Schau mal, Rektor Påhlsson. Wo ist denn dieses Foto aufgenommen worden?«

»Sieht aus wie das Gemeindehaus.«

»Wer steht da an der Säule?«

»Das weiß ich nicht, Erna.« Viola musterte das Foto genauer. »Nein, diese Person habe ich noch nie gesehen.«

»Es sieht aus, als würde sie zu Påhlsson hinüberschauen. Glaubst du, dass das seine Geliebte war?«

»Jetzt weiß ich es wieder! Das ist Inga Kallenius. Sie war hier eine Zeit lang Organistin.«

Erna wirkte enttäuscht. »War das nicht die, von der Vati mal erzählt hat? Die sich mit den Silberkandelabern aus dem Staub gemacht hat?«

»Erna, sag so etwas nicht!«, meinte ihre Mutter vorwurfsvoll. »Das weiß niemand so genau. Die Leute reden so viel. Zugegeben, sie ist recht überraschend verschwunden, genau wie die Kandelaber. Aber beweisen lässt sich nichts.«

»Aber …«

»Man sollte niemanden verurteilen, ohne etwas genau zu wissen.«

Es schien ein heikles Thema zu sein. Erna erinnerte sich, dass sich ihre Eltern einmal über Inga Kallenius gestritten hatten. Ernst hatte gesagt, sie sehe aus wie die Flittchen, die auf den Straßen von Malmö unterwegs seien. Ihre Mutter hatte wissen wollen, woher er denn so genau wisse, wie die aussähen. Erna erinnerte sich, dass es ein seltsames Gespräch gewesen war. Sie war in ihr Zimmer gegangen und hatte die aufgebrachten Stimmen aus der Küche gehört.

»Hast du dir ihre Fingernägel angeschaut? Sehen aus wie knallrote Baggerschaufeln. Findest du, dass die sich zum Orgelspielen eignen?«

»Sie spielt aber schön«, hatte Viola gesagt, und ihr Vater war noch wütender geworden.

»Bist du etwa auf ihrer Seite? Sag, Viola?«

Erna erinnerte sich, wie sie zu ihrem Nachttisch gerannt war und den Nagellack, den sie sich gekauft hatte, ganz hinten in ihrem Schrank versteckt hatte, damit ihr Vater ihn nicht finden würde. Schließlich hatte sie nicht aussehen wollen wie diese Frauen auf den Straßen von Malmö. Da sie damals noch so jung gewesen war, hatte sie nicht verstanden, was daran so anstößig war, auf den Straßen herumzulaufen, aber dem Gespräch der Eltern war zu entnehmen gewesen, dass man es lieber unterließ.

Börje fuhr mit seinem Van auf dem Hof vor. Erna stellte das Album wieder an seinen Platz zurück. Sie schaute in den Spiegel, nahm ihre Handtasche und wandte sich an ihre Mutter.

»Er ist da.«

»Ich bin nicht blind. Sollen wir Vater einen Zettel schreiben?«

»Vater? Aber der kommt doch noch gar nicht nach Hause.«

»Du hast recht«, räumte ihre Mutter ein. Sie hatte noch nie das Haus verlassen, ohne vorher einen Zettel an die Vase auf dem Küchentisch zu lehnen.

Jetzt warf sie noch einen letzten Blick auf den Tisch und folgte dann ihrer Tochter ins Freie.

14. Kapitel

Börjes Auto war geräumig, und Viola kam sich auf der Rückbank recht winzig vor. Börje fuhr ruhig und gleichmäßig, und Erna unterhielt sich die ganz Zeit angeregt mit ihm. Manchmal sprachen sie auch mit Viola, aber die konnte wegen des Motorengeräusches kaum etwas verstehen.

»Fahr nach Vitemölla«, sagte Erna.

»Willst du dir etwa die Uhr im Kurhotel anhören?«, meinte Börje spöttisch.

»Sag das nicht!«

»Das war nur ein Witz, aber wenn du willst, können wir irgendwann mal reingehen und sie uns ansehen.«

Erna antwortete nicht. Während sie die Küstenstraße entlangfuhren, ließ sie den Vorfall noch einmal vor ihrem inneren Auge Revue passieren. Wenn sie den Mann nicht hätte identifizieren können und man sie selbst der Tat bezichtigt hätte? Sie wagte nicht daran zu denken.

»Ende des 19. Jahrhunderts lag hier ein großer Hafen. Sechzig Fischerboote, davon dreizehn mit großen Rahsegeln, habe ich irgendwo gelesen«, sagte Viola von der Rückbank.

»Sag mal, hast du eigentlich die Kaffeemaschine ausgeschaltet, Mutti?«, fragte Erna unruhig.

»Wirklich interessant, das kann man sich heute gar nicht mehr vorstellen«, meinte Börje.

Erna sah ihn erstaunt an. Niemand schien ihre Worte gehört zu haben.

»Das Vitemölla Kurhotel kann auf eine lange Geschichte zurückblicken. Wirklich hübsch, oder?«, sagte Viola, während sie vorbeifuhren.

Börje hörte interessiert zu. »Sie sind ja eine richtige Fremdenführerin«, sagte er anerkennend, und Viola schaute bescheiden zu Boden.

Sie beschlossen, sich das Grab des Schriftstellers Fritiof Nilsson Piraten in Ravlunda anzusehen. Börje war schon einmal dort gewesen, hatte aber den kleinen, unansehnlichen Stein mit den geflügelten Worten nicht gefunden. »Unter diesem Stein liegt die Asche eines Mannes, der alles auf den nächsten Tag aufschob. Dann besann er sich eines Besseren und starb wirklich am 31. Januar 1972.« Erna hatte ihm versprochen, ihn ihm bei Gelegenheit zu zeigen.

Wenig später standen sie schweigend und andächtig vor dem Grab. Erna pflückte ein paar Wiesenblumen und legte sie aufs Grab. Börje legte ihr den Arm um die Schultern und flüsterte:

»Würde sich diese Kirche nicht für eine Trauung eignen?« Er deutete auf die hübsche, kleine Kirche mitten im Grünen.

»Schweig.«

»Dacht ich mir doch, dass sie dir nicht gefällt. Ist sie dir zu klein? Die Kathedrale in Reims wäre vielleicht besser? Dort haben sich die französischen Könige krönen lassen. Dann müsste sie eigentlich auch uns genügen.«

Erna antwortete nicht. Tausend Gedanken jagten ihr gleichzeitig durch den Kopf. Sie lächelte sicherheitshalber, falls er seine Worte ernst gemeint haben sollte. Nicht das mit Reims natürlich, sondern die Hochzeit.

Viola fiel auf, dass sie sich fast flüsternd unterhielten, und fühlte sich ein wenig ausgeschlossen. Deshalb begann sie von der Kirche und ihrer Geschichte zu erzählen.

»Andersson, der Tischler, hat der Kirche vor einigen Jahren zehntausend Kronen gespendet und dem Pfarrer dabei erklärt, er wolle anonym bleiben. Während des Sonntagsgottesdienstes sagte Pastor Israelsson von der Kanzel, die Gemeinde habe eine Schenkung erhalten, der Stifter wolle jedoch anonym bleiben. Da stand Tischler Andersson auf und sagte: ›Irgendwie fand ich, das wäre das Beste.‹«

Börje lachte, und Viola sah hochzufrieden aus.

Später hielten sie an einem Gasthaus. Viola lud zum Mittagessen ein. Erna suchte in ihrem Gedächtnis und kam zu dem Ergebnis, dass sie noch nie mit ihren Eltern im Restaurant gewesen war.

Viola war nervös, als sie sich an einen Tisch setzten. Sobald sie jedoch bestellt hatten und das Essen serviert worden war, wich ihre Anspannung, und sie aßen und lachten.

Den ganzen Tag hatte die Sonne geschienen, erst am Nachmittag zogen Wolken auf. Als sie nach Hause kamen, wollte Viola das Benzin bezahlen, aber Börje schloss rasch die Autotür, als sie ihr Portemonnaie hervorzog.

»Das ist wirklich nicht nötig«, sagte er durchs Seitenfenster.

Viola lächelte und ging aufs Haus zu.

»Erna, denk doch bitte ein wenig über diese Kirche nach. Ich mache dir natürlich noch einen richtigen Heiratsantrag und werde auch bei deinem Vater um deine Hand anhalten.«

Erna lächelte unsicher und folgte dann ihrer Mutter ins Haus.

Ernst ging es mit jedem Tag besser, und seine Kräfte kehrten langsam zurück. Er würde jedoch so bald nicht wieder arbeiten dürfen. Börje hatte angeboten, auf dem Hof mitzuhelfen, aber Viola und Erna wagten noch nicht, Ernst mit dieser Idee zu konfrontieren. Man wusste ja nicht, was mit seinem Herzen geschah, wenn er sich aufregte.

Der Sommer näherte sich seinem Ende, der Blumenduft verschwand und wurde vom Duft der Äpfel und der Herbstkälte abgelöst. Es ist so wie mit dem Leben, dachte Erna eines Tages auf dem Weg zum Briefkasten. Menschen sterben und verschwinden, aber neue werden geboren.

Früher hatte sie nur selten an den Tod gedacht, aber seit es ihrem Vater so schlecht ging, fragte sie sich immer wieder, was werden würde, wenn ihre Eltern nicht mehr lebten. Viola war zwar gesund, aber auch nicht die Jüngste. Börje bewältigte die Aufgaben auf dem Hof mit Geschick, und manchmal beim Einschlafen malte sie sich aus, wie es wäre, wenn Börje und sie den Hof übernehmen würden.

Sie hatte ihm noch nicht ihre Unschuld geschenkt, da sie immer noch nicht glauben konnte, dass er sie wirklich so sehr mochte. Viele Jahre lang hatte sie sich davor geängstigt, jemanden zu küssen, aber das hatte sich dann ja als die natürlichste Sache der Welt erwiesen. Jetzt fragte sie sich, wie es wohl wäre, ihn zu lieben. Natürlich liebte sie ihn schon, aber sie meinte es konkreter. Jedenfalls wollte sie abwarten, bis sie wusste, ob er sie wirklich haben wollte. Für immer.

Sie öffnete den Briefkasten. Werbung, das neue Telefonbuch und eine Postkarte. Von wem konnte sie sein?

Mein Mädchen,
ich habe der Frau im Krankenhauskiosk gesagt, dass ich eine von den schönen Karten will, die Du gemalt hast. Sie hat mich angestarrt, als käme ich geradewegs aus der Psychiatrie. Ich habe auch Snustabak gekauft, weil ich nicht mehr rauchen darf. Artur hatte recht, meine Laune wird besser. Er hat gemeint, das sei so, wenn man älter wird. Sag Mutti, dass ich ein Kotelett will, wenn ich Donnerstag nach Hause komme.

Der Stockholmer scheint ja ganz solide zu sein.

Vati

Erna weinte wie ein Kind. Das war die erste Karte, die ihr Vater ihr je geschrieben hatte. Er war stolz auf sie, das war zu merken. Irgendwie hatte sie wieder den Blumenduft des Sommers in der Nase. Ihr Herz sang, und sie rannte den ganzen Weg vom Briefkasten nach Hause.

Börje und ihre Mutter saßen in der Küche, als sie eintrat. Sie legte die Karte auf den Tisch.

»Bist du böse?«, fragte Börje besorgt. »Ich fand sie sehr gelungen, und ich habe schon ziemlich viele verkauft.«

Erna lächelte ihn an und reichte ihrer Mutter dann die Karte. Sie wandte sich während des Lesens ab. Erna sah, dass sie Tränen in den Augen hatte.

Dann begann Erna von den Briefen zu erzählen, die Börje und sie in den Büchern gefunden hatten. Viola war erst entsetzt, aber dann neugierig. Erna holte die Briefe herbei.

»Eigentlich haben uns diese Briefe zusammengeführt«, sagte Börje und legte seine braun gebrannte Hand auf die Briefe. Dann lasen sie abwechselnd daraus vor.

Viola erzählte von Påhlsson und seiner Frau Marta. Und natürlich kannte sie auch Maria Fryzelius.

»Man stelle sich vor«, sagte sie. »In der Grabkammer. Da ist es doch hart und steinig.«

Alle lachten.

Erna und Börje unterhielten sich weiter, nachdem Viola in den Stall gegangen war.

»Jetzt wissen wir alles über Egon Påhlsson und seine geliebte Maria. Sie hatten ihre heimlichen Rendezvous am Grab, und dann ist Maria irgendwann gestorben.« Erna war wieder ernst.

»Wie tragisch.«

»Wovon die drei Sagen handeln, wissen wir jetzt auch«, meinte Börje, »aber wir wissen nicht, ob sie wahr sind.«

Am Abend beschlossen Börje und Erna, zum Grab zu fahren.

Die Tage wurden zusehends kürzer. Die Sommergäste waren abgereist, und in den kleinen Fischerdörfern herrschte wieder Ruhe. Für die Galerien war die Saison vorbei, alles schien in den Winterschlaf gefallen zu sein.

Auf dem Weg zum Grab kamen sie am Hafen vorbei.

»Siehst du den Mond?«, fragte Erna.

Börje antwortete nicht, sondern legte ihr eine Hand aufs Knie. Sie spürte seine Wärme, und das Gefühl, das sie vor einer Weile gehabt hatte, kehrte zurück. Ihr Blut pulsierte, und ihr Mund wurde trocken. Sie hörte ihren eigenen Puls und knöpfte den obersten Knopf ihres Kleides auf.

Börje parkte unten auf der Straße, und zusammen gingen sie zum Grab. Inzwischen war es dunkel geworden, und Erna hielt Börje ganz fest an der Hand.

»Vor dreitausend Jahren fand hier ein Begräbnis statt«, sagte Börje. »Das ist schon beeindruckend.«

»Und jetzt stehen wir hier«, erwiderte Erna und merkte, wie lächerlich das klang.

»Erna«, sagte Börje mit ernster Stimme, »die Behauptungen, dass man künftig so werde, wie man sei, wenn der Wind wendet, und dass man das Erlernte nie vergesse, die sind mir egal. Ich würde mir gern den Steinhimmel anschauen, zusammen mit dir, Erna.«

Sie spürte ihr Herz heftig pochen, aber sie war bereit. Die Steine waren hart und unbequem, aber irgendwie merkte sie das nicht.

»Ich höre die Steine«, sagte Erna plötzlich, »sie bewegen sich. Siehst du den Steinhimmel, Börje?«

»Ja, Erna, ich sehe ihn.«

Karin B. Holmqvist

Herzschrittmacher gesucht

Roman. Aus dem Schwedischen von Annika Krummacher. 224 Seiten. Piper Taschenbuch

Der Alltag von Selma und Artur Jacobsson auf dem alten Hof in Südschweden ist friedlich und überschaubar. Kein Wunder, dass Selma sich manchmal etwas Abwechslung wünscht. Und die kommt schneller als vermutet – durch die neue Nachbarin Disa, die es mit ihrer esoterischen Ader versteht, Selma für Räucherstäbchen und Rosenmethode zu begeistern. Artur beäugt das Ganze eher misstrauisch. Schließlich hat er Wichtigeres zu tun: Er hat nämlich einen Schlüsselbund gefunden, mit dem er sich Zugang zu einem Bankschließfach verschaffen kann …

»Karin B. Holmqvists Bücher sind typisch schwedisch und mit einer ganz besonderen Wärme erzählt.«
En bokcirkel för alla

05/2720/01/L

Karin B. Holmqvist

Manneskraft per Postversand

Roman. Aus dem Schwedischen von Annika Krummacher. 224 Seiten. Piper Taschenbuch

Die liebenswerten Schwestern Tilda und Elida Svensson führen ein ruhiges Leben im Haus ihrer verstorbenen Eltern. Doch dann zieht der attraktive Alvar ins Nachbarhaus, und der Alltag der beiden ändert sich über Nacht. Sie leisten sich den Luxus neuer Sonntagskleider und lernen bei Alvar den Komfort eines Badezimmers kennen. Doch für die Renovierung des eigenen Hauses fehlt ihnen das Geld. Als sie beobachten, wie der Nachbarkater nach dem Genuß von Blumenerde aus Alvars Petunientopf ganz ungeahnte Potenz entwickelt, kommt ihnen eine glänzende Geschäftsidee …

»Ein richtiges Wohlfühlbuch, geschrieben mit Wärme und Humor. Eine kleine Perle.«
Folkbladet

05/2164/02/R

Karin B. Holmqvist

Villa mit Herz

Roman. Aus dem Schwedischen von Holger Wolandt und Lotta Rüegger. 224 Seiten. Piper Taschenbuch

Soll das schon alles gewesen sein?, fragt sich Bonita. Ihr Alltag mit der alten Mutter in der Villa am Stadtrand ist nicht gerade abwechslungsreich. Doch dann wird alles anders: Doris zieht wieder ins Nachbarhaus – Doris, mit der Bonita früher eng befreundet war und die dann der Kleinstadt für Mann und Karriere den Rücken kehrte. Seitdem haben sich die beiden aus den Augen verloren. Um so erstaunter ist Bonita, als sie ihre alte Freundin Doris wiedertrifft: Deren Ehe ist längst in die Brüche gegangen, und auch ihren Arbeitsplatz hat sie verloren.

Liebevoll, warmherzig und mit viel Humor erzählt Karin B. Holmqvist, wie es Doris und Bonita gelingt, ihre alte Freundschaft wieder aufzufrischen und ganz neue Zukunftspläne für die alte Villa zu entwickeln.

05/2165/02/L

Karin B. Holmqvist

Zwei Damen auf Männerfang

Roman. Aus dem Schwedischen von Annika Krummacher und Holger Wolandt. 256 Seiten. Piper Taschenbuch

»Sirile Gentlemänner gesucht. Kennwort: Letzter Versuch.« Was »siril« eigentlich genau bedeutet, wissen die beiden rüstigen Freundinnen Alma und Margit zwar nicht, aber in einer Kontaktanzeige macht sich das Wort doch bestens, meinen sie. Während sie auf Antwort von attraktiven Bewerbern warten, mischen sie das Altenheim auf, in das sie vorübergehend einquartiert sind. Ihre Häuschen mit den liebevoll gehegten Gärten sollen dummerweise einer Feriensiedlung weichen. Doch für Alma ist in dieser Sache das letzte Wort noch nicht gesprochen ... Eine liebevolle, charmante Geschichte von zwei Frauen, die gar nicht einsehen wollen, warum man nicht auch mit achtzig Jahren noch Spaß am Leben haben sollte!

»Ein warmherziger und unterhaltsamer Roman, der zeigt, dass es nie zu spät ist, um sein Leben zu ändern.«
Svensk damtidning

05/2635/01/R

Frosch
Wachküssen

Mit Mitte dreißig lebt Erna noch auf dem Hof ihrer Eltern – und zwar ganz und gar ungeküsst. Vermutlich hätte sich ihr Alltag nie geändert, hätte sie da nicht dieses Buch ersteigert, in dem sie Briefe höchst pikanten Inhalts findet. Und wäre da nicht der Künstler Börje, der ganz neue Saiten in ihr zum Klingen bringt. Erna nimmt all ihren Mut zusammen und stürzt sich in das größte Abenteuer ihres Lebens …

»Eine liebevolle und warmherzige Geschichte.«
Ystads Allehanda

»Karin B. Holmqvist schreibt sehr unterhaltsam über das, womit sie sich am besten auskennt: das Alltagsleben in Südschweden.«
Dagens Nyheter

Deutsche Erstausgabe

ISBN 978-3-492-27279-7
9 783492 272797
€ 8,99 [D]
€ 9,30 [A]
www.piper.de
PIPER